KB039721

나는 주말에
돈 버는
성인소설을 쓴다

일러두기

1) 위첨자 스타일 처리가 된 부가 설명은 옮긴이의 말이다.
2) 가독성을 위해 하나부터 열까지의 숫자만 서수 읽기를 하였다.
3) 환율은 100엔에 1,000원 꼴로 계산되었다.

NICHIYO PORNO SAKKA NO SUSUME
© HIKARU WAKATSUKI, Raichosha2018
illustration © MISAKA
Korean translation rights arranged with RAICHOSHA CO. LTD
through Japan UNI Agency, Inc., Tokyo and Tony International Seoul

일본 포르노 작가의 투잡 글쓰기 수업

나는 주말에
돈 버는
성인소설을 쓴다

와카쓰키 히카루 지음 — 조혜정 옮김

프로젝트 A

시작하며

    이 책은 본업을 가짐과 동시에 일요일에 포르노 소설을 써서, 연 수입 100만 엔^{한화 약 1000만 원}을 올리는 것을 목표로 합니다.

    저는 15년 전에는 파견사원으로 일하면서 일요일과 평일 밤에 야한 문장을 쓰는 일요 포르노 작가였습니다. 파견사원이었기 때문에 업무가 정기적이지는 않았지만, 출퇴근을 할 때는 파일링을 하는 서류 업무나 데이터 입력 등 업무가 끝나고 집에 돌아온 뒤 한 시간, 또 휴일에 야한 문장을 썼습니다.

    포르노 작가 업의 벌이가 더 낫게 되자 파견사원 일을 그만두고 전업 작가가 되어 지금에 이르렀습니다. 현재는 라이트노벨과 시대소설도 쓰는 한편, 소설 교실과 인터넷 첨삭도 하고 있지만, '프랑스서원'^{성인소설로 유명한 일본 출판사}에서 지불하는 포르노 소설 인세가 수입의 반 이상을 차지하고 있습니다.

    포르노 작가라는 업은 초기 투자가 적고, 재고를 관리하거나 물건을 사들이는 수고가 없으며, 인건비도 임대료도 필요하지 않습니다. 시대소설처럼 자료를 많이 조사해야 하는 장르도 아닙니다. 논픽션처럼 취재하지 않으면 쓸 수 없는 장르도 아닙니다. "수익률이 매우 높은" 장르인 것입니다.

웹라이터나 제휴작가^{성과급 작가} 보다도 벌이가 좋고, 일반 문예 작가보다도 쉽게 시작할 수 있습니다. 섹스 경험이 없는 사람도 쓸 수 있습니다. 주부도, 고등학생도, 프리터^{고정된 직업을 갖지 않고 아르바이트로만 생계를 유지하는 사회인}도, 회사원도, 파견사원도, 정년퇴직한 사람도 쓸 수 있습니다.

포인트를 제대로 살린 야한 소설을 쓸 수 있다면 쉽게 데뷔할 수 있습니다. "포르노 작가가 될 때 필요한 자질은 야한 망상력", 바로 이것뿐입니다. 포르노 작가는 비교적 쉽게 될 수 있습니다. 믿기지 않으신가요? 프랑스서원 미소녀문고의 경우는 1회 신인상을 뽑는 데 응모작이 300개에 이르렀고, 수상자는 한 명에서 두 명 정도입니다.

150명에 한 명밖에 프로가 될 수 없는 좁은 문인데도, 포르노 작가가 되기 쉽다는 말은 왜 나오는 걸까요? 그것은 투고작의

90%가 "에로 신이 쓰여 있지만, 포르노 소설은 아닌 것"이기 때문입니다. 응모작이 300개 있을 때, 포르노 소설이라고 할 만한 것은 불과 30개 작품뿐입니다. 그 30개 중에서 경쟁하는 것이기 때문에 상을 거머쥐기란 그렇게 어렵지 않습니다.

포르노 소설에 국한되는 일만은 아닙니다. 장르소설에는 포인트가 있습니다. 그 포인트를 놓치면 아무리 잘 쓴 소설이라도 채택될 수 없습니다.

높은 문장력과 인간통찰과, 파란만장한 스토리 전개는 실상 핵심이 아닙니다. 장르에 맞게 포인트를 잘 살려냈는가, 즉 그 중요한 지점이 빗나가 있지는 않은지, 실제로 포르노 소설이라 할 만한 요소가 있는가가 채택 여부를 가르는 지점이 됩니다.

이 책에서는 제가 포르노 작가를 업으로 삼으면서 배운 것과 첨삭을 하며 깨달은, 포르노 작가 지망생이 빠지기 쉬운 함정에 대해 말하고 있습니다.

포르노 소설에 필요한 노하우는 다음과 같습니다.

— 포르노 소설의 포인트를 잘 살린 스토리 전개

— 이런 여성과 섹스하고 싶다고 여겨지는 매력적인 여주인공

— 망상을 야한 문장으로 바꾸는 테크닉

이 세 가지입니다. 이 책에서는 이 세 가지에 대해 가급적 상세하고 구체적으로 쓰려고 했습니다. 또, 부록으로 신인인 구로다 유우 작가에게도 조언을 얻었습니다. 작가 구로다 유우는 본업인 번역을 겸하면서 에로 라이트노벨을 썼습니다. 겸업 포르노 작가라는 이미지가 꼬리표처럼 달리는 것은 아닌지 염려됩니다.

포르노 소설 편집을 다루는 프로덕션도 취재했습니다. 편집 프로덕션한국으로 치면 출판기획사가 가장 비슷한 형태다. 기획에서부터 인쇄 가능한 형태까지만 담당하는 회사로, 제작은 하지 않는다.은 겉으로 드러나지 않는 존재이지만, 출판 불황으로 편집 프로덕션의 존재감이 높아지고 있는 현재, 여러분이 읽고 있는 포르노 소설도 편집 프로덕션이 편집한 것으

로 생각해도 됩니다. 편집 프로덕션이 말하는 업계 이야기는 꼭 한번 볼만합니다.

포르노 작가는 회사원이 부업으로 하기에 딱 맞다고 생각합니다. 밀리언셀러가 등장하여 몇 억이나 벌어들이고, 이를 원작으로 한 영화가 나오거나 나오키상을 수상하거나, 돈과 명예를 손에 넣을 수 있다고까지는 말할 수 없지만, 회사를 다니면서 연 100만 엔 정도의 인세를 수입으로 꾸준히 얻는 일이 그렇게 과분한 일은 아닐 겁니다.

쓰기 시작할 경우, 마감은 융통성 있게 조절 가능합니다. 연재를 해야 한다면 마감이 엄격하지만, 단행본으로 낼 경우는 발매를 연기할 수 있기 때문입니다.

포르노 소설 집필을 숨길 수도 있습니다. 편집부 측도 항시 주의하고 있는 부분이고, 가족에게 알리고 싶어 하지 않는 작가에게는, 서류를 보낼 때 회사명이 들어가 있지 않은 통상적인 갈색 서류 봉투를 사용하거나 연락은 메일이나 휴대전화만 사

용하여 집에서 공통으로 쓰는 집 전화는 쓰지 않도록 신경 써
줍니다.

저는 작가라는 사실을 가족이나 주변에 숨기고 있습니다. '성
인소설 작가'로 작가 생활을 시작한 지 21년. 아직 누구에게도
들키지 않았습니다.

포르노 소설을 쓴다는 건 정말 즐거운 일입니다.

정오를 조금 넘긴 일요일 오후께, 포르노 소설을 쓰며 연 수
입 100만 엔을 목표로 하는 작가가 되어봅시다.

차례

1장
포르노 작가라는 업에 대하여

2장
포르노 소설, 궁금한 것을 답하다

3장
포르노 소설은 이 균형감을 지켜야 한다

4장
포르노 소설을 쓸 때 주의할 것들

5장
장편 포르노 소설을 써보자

포르노 작가라는
업에 대하여

포르노 작가는
수익률이 높다

  아무리 규모가 작은 일이라도, 개인사업자로 사업을 시작한다면 초기 투자, 제품 매입, 재고 관리, 창고비, 회사 홍보, 인건비, 임대료, 배송료 등이 필요하다. 이 밖에도 자격이나 인허가, 학력이 필요한 일도 있을 것이다.

  나는 수공예 작업을 좋아해서 잡화를 만들어 크래프트 마켓에서 팔고 있다. 크래프트 마켓은 플리마켓의 수공예 버전이다. 수공예를 하려면 천, 실, 미싱이 필요하고, 크래프트 마켓에 나가는 참가비가 필요하다. 만든 상품이 전부 팔리면 좋겠지만,

팔리지 않으면 재고가 많이 생긴다. 재고는 싸게 팔거나 버리거나 다른 사람에게 줘버린다.

그렇지만, 포르노 작가는 무에서 유를 탄생시키기 때문에 매입할 물건도 없고 재고도 없다.

홍보는 필요하지 않다. 트위터나 블로그에서 알리는 정도는 하는 편이 좋겠지만, 홍보는 출판사의 일이기도 하기 때문이다. 나는 서점 영업을 하지만, 영업은 출판사의 영업사원이 해주기 때문에 작가는 서점에 가지 않는 편이 좋을 수 있다.

인쇄업체에서 서점으로 배송되는 일은 출판사와 거래하는 물류업체에서 해준다. 작가란 혼자서 쓰는 일을 하기 때문에 인건비도 거의 들지 않는다.

나는 바쁠 때 단순한 문서 작성과 영수증 입력, 소설 교실의 교재 작성 등의 사무작업을 외주로 맡기기도 하지만, 만화가처럼 지속적으로 어시스턴트를 두지는 않기 때문에 인건비는 매우 적게 든다.

매입할 문건이 없으니 재고 정리할 일도 없고, 세금 신고도 간단하다. 나는 세무사에게 세금 처리를 맡기고 있지만, 이는 오히려 예외적인 일이고 대다수 작가는 스스로 세무 신고를 한다.

나는 시대소설도 쓰고 있는데, 시대소설을 시작할 때 참고

도서를 구입하는 데 한 해에 30만 엔^{한화로 약 300만 원}이나 썼고, 취재도 많이 했다. 결국 번 돈은 거의 없었다. 선배 작가에게 푸념을 했더니 원래 그래, 라는 말을 듣고 놀랐던 경험이 있다.

다른 장르를 써보니, 포르노 소설의 채산성이 높다는 것을 새삼 깨닫게 되었다. 물론 채산성이 낮은 포르노 작가도 있을 것이다.

나는 여성이기 때문에 가본 적은 없지만, 취재에서 이미지 클럽^{상황이나 장소에 따라 테마를 만든 유흥업소}이나 SM살롱, 러브호텔에 가는 작가는 경비가 올라간다. 그 대신 소설을 위해 취재는 모두 필요경비로 올릴 수 있다.

포르노 작가의
초기 투자

필요한 초기 투자는 컴퓨터, 레이저프린터, 인터넷, 문서작성 프로그램, 휴대전화. 이것만 있으면 포르노 작가로 시작할 수 있다.

인터넷 소설 작가 중에서는 스마트폰으로 글을 쓰는 사람도 있다고 하는데, 장편소설을 스마트폰으로 쓴다면 일이 커진다. 컴퓨터를 사용하자. 키보드를 손으로 두드리며 쓴다면 쓰기 편하기 때문에 소설가가 되고 싶다면 생각의 속도를 손이 따라가도록 타자 속도가 빠른 편이 좋다.

프린터는 흑백 레이저프린터로 하자. 잉크젯프린터는 잉크 값이 많이 든다. 문서작성 프로그램은 워낙 종류가 많고 최근에는 호환도 잘 되니 편한 것으로 택하자.

　포르노 소설을 쓰기 위해 필요한 것은 야한 상상력. 그것뿐이다.

포르노 작가로
돈을 벌 수 있을까?

팔리면 엄청나게 벌고, 안 팔리면 못 번다

    회사원과 달리 작가의 연 수입은 일정하지 않다.

    연 수입은 화려하게 변화무쌍하게 왔다 갔다 한다. 내 경험으로는 신인 시절에는 1년에 책 한 권에서 두 권 가량을 내고 100만 엔^{한화 약 1000만 원} 못 미치는 정도를 벌었다. 팔린다 싶을 때 1년에 13권을 출판하여 1000만 엔^{한화 약 1억 원} 이상을 벌었다. 지금은 안정적으로 1년에 다섯 권 정도를 내고 있으니, 연 수입은

500만 엔^{한화 약 5000만 원} 전후다. 많을 때와 적을 때가 두 자릿수 차이가 나는 것이다.

거기서 필요 경비를 빼는 셈인데, 잘 팔릴수록 바빠지니 경비를 쓰지 않고, 팔리지 않을수록 취재하러 다니거나 책을 읽기 때문에 경비가 높아진다는 역전현상이 일어난다.

이는 나에게만 해당되는 것이 아니라 작가 전체에게 해당되는 것이라고 세무사가 말해주었다. 그렇기 때문에 잘 팔리면 보다 더 잘 버는 것이고, 잘 팔리지 않으면 못 벌게 되는 셈인 것이다.

작가의 수입은 원고료와 인세로 구성된다

포르노 작가의 원고료

원고료는 관능소설 잡지나 스포츠신문 등에 소설을 게재했을 경우 발생한다. 400자 원고용지 한 장당 얼마 하는 식이다. 20자×20자의 매수로 하기 때문에 행갈이를 하거나 문장을 시작할 때 공백도 글자로 친다. 문자수로 하면 300자 정도 될까.^우

리나라는 보통 200자 원고지 한 매를 기준으로 하고, 업체에 따라 A4 용지 한 장을 기준으로 하는 곳도 있다.

원고료는 천차만별로, 관능소설 잡지의 원고용지 한 매당 1000엔^{한화 약 1만 원}으로 치는 곳이 있는가 하면 스포츠 신문이나 남성향 주간지는 1만 8,000엔을 쳐주는 곳도 있다. 우리나라의 경우 원고 료에 대해서는 업체별 기준이 마련되어 있거나 조율하는 것이 통상적이다.

나는 두 군데 모두 게재했었는데, 고료가 이만큼이나 차이 나는지는 잘 모르겠다. 내가 쓰는 소설은 같은데, 18배나 차이 가 난다. 이유는 발행부수의 차이가 아닐까 생각한다. 어느 관 능소설 잡지의 공식 부수는 5만 부다. 스포츠 신문은 적어도 100만 부를 발행한다. 20배나 차이가 난다. 원고료가 18배나 다른 것도 당연하다.

하지만 스포츠 신문이나 남성향 주간지의 연재는 역시 저명 한 작가에게 의뢰하게 된다. 스포츠 신문이나 남성향 주간지의 포르노 소설의 연재는 포르노 작가의 꽃과 같은 일이다.

포르노 작가의 인세

인세에는 단행본 인세와 전자책 인세가 있다. 프랑스서원 문 고나 '마돈나메이트^{일본 출판사 '후타미쇼보'의 관능소설 레이블}' 등의 문고에서 책을 낼 경우의 인세는 다음 계산식에 따른다.

정가×초판 발행부수^{우리나라의 경우 판매부수로 계산하는 경우가 많다}
×인세율=인세

보수를 받는 것인데, "세"라는 이름이 붙는 이유는 옛날 책을 증쇄할 때마다 세금을 지불했던(책에 인지를 붙였던) 시절의 흔적이라고 한다.

정가 700엔^{한화 약 7,000원}에 초판 부수가 1만 부, 인세율 10%일 경우를 계산해보자.

정가 700엔×초판 발행부수 1만 부×인세율 10%=70만 엔

보수는 70만 엔^{한화 약 700만 원}이 된다.

정확하게는 거기서 세금을 떼거나 소비세가 더해진다. 인세율은 옛날에는 일률적으로 10%였지만, 출판업계가 불황에 빠지면서 8%나 5%로 조정하는 회사도 늘었다.

작가에 따라 초판 부수나 인세율도 다른 모양이다. 신인일 경우, 책 한 권을 써서 50만 엔^{한화 약 500만 원} 정도가 되겠다. 전자

책의 경우, 다운로드 인세로 계산한다. 단행본 발행과 동시에, 혹은 1개월 후에 전자책으로 발행된다.

다운로드 한 개당, 그 책 한 권분의 인세가 발생한다. 인세율은 단행본보다도 많고, 15%~20%가량이다. ^{계약서에 전자책 인세가 명시되어 있다.}

나는 시대소설도 쓰고 있는데, 시대소설 편집자에 따르면 시대소설의 전자책 판매는 단행본의 100분의 1이라고 말한다. 시대소설 독자는 고령자가 많고, 고령자는 문고에서 구입해 손이 닿는 데에 두고 싶어 한다는 것이 그 이유라고 한다.

단행본에서 초판부수 1만 부라면 전자책은 다운로드 수 100인 것이다. 만약 시대소설이 100권 팔렸다고 해보자.

> 정가 700엔×다운로드 수 100×인세율 15%=10,500엔

아이들 용돈 정도밖에 벌지 못한다. 하지만 포르노의 경우는 전자책이 잘 팔린다. 서점에서 사기에는 창피하지만, 전자책은 창피하지 않기 때문일 것이다. 포르노 소설은 시대소설의 5~10배가 팔린다.

> 정가x다운로드 수 100x인세율 15%=52,500엔

임시적인 벌이로는 괜찮은 금액이다.

나는 프랑스서원에서 지불되는 전자책 인세만으로 연 100만 엔 이상을 벌고 있다.

신작 장편소설을 한 해에 한 권이나 두 권 정도 출판하면, 인세에 전자책 인세가 더해져, 연 수입 100만 엔 전후가 된다. 이는 넘기 어려운 장벽은 아닌 셈이다.

정말 아주 잘 팔려서 애니메이션이나 영화화, 게임화가 될 일은 없겠지만, 프랑스서원은 발매 당일에 열성 팬이 전부 산다고 할 정도로 꾸준히 팬에 의해 유지되고 있기 때문이다.

회사원의 연 수입은 덧셈이고, 작가의 연 수입은 곱셈으로 늘어난다

작가로 데뷔할 당시 편집자에게서 들었던 말이다.

"회사원은 계단을 오르는 것처럼 한 단계씩 수입이 늘지만, 작가의 연 수입은 곱셈"이기 때문이다.

작품 하나를 성공시키면 지명도가 높아져 다음 일이 생기고, 그 일이 또 일을 부르는 식으로 늘어나 미디어믹스되고, 일을 할수록 연 수입이 갑절이 되는 것이다. 작가에게 성공한 일이란 팔리는 것, 증쇄하는 것이다. 그러니 우선 증쇄가 걸려 있는 일을 하자.

나는 에로 라이터로 막 데뷔했을 시점에, 연 수입 100만 엔 이하였지만, 한번 증쇄가 되면, 마치 불이 붙은 것처럼 매일같이 증쇄가 되어 수입은 100만 엔이 넘어갔다(지금은 전혀 증쇄가 되지 않아, 연 수입이 가장 잘 팔렸을 때의 절반 이하가 되었다).

회사원은 예전에야 덧셈이라곤 했지만, 지금은 급여도 잘 오르지 않는다. 매년 조금씩 급여가 오르는 덧셈 형태의 회사원은 공무원 정도밖에 없을지도 모른다.

포르노 작가가 되어, 곱셈형 연 수입을 올려보자.

포르노 작가로
데뷔하려면

신인상, 원고 모집에 투고한다

현재, 신인상을 상설한 출판사는 프랑스서원뿐이지만, 원고를 모집하는 출판사는 몇 군데 있다. 예를 들어, '니지겐도리무 二次元ドリーム' 문고 _{쥬브나일 포르노 출판사, Young Adult Fiction} 는 책 끝에 원고를 모집한다는 내용이 실려 있다.

편집부에서는 작가, 일러스트레이터를 모집하고 있습니다. 프로이든 아마추어이든 상관없습니다. 원고는 우편이나 이메일로 보내주십시오. 작품은 반송하지 않으니 주의해주십시오. 또한 채택이 되면 출판사에서 직접 연락을 드리오니, 전화 문의는 받지 않습니다. 양해해주셔서 감사합니다.

이는 마감 기한이 없는 신인상이다. 하지만 이러한 원고 모집에 응모할 때 궁금해지는 것이 있다. 당선되지 않았는가는 언제 알게 되는가, 하는 것이다.

신인상에 응모했다면 낙선되었는지를 확인할 수 있지만, "채택이 되면 출판사에서 직접 연락", 즉 "채택되지 않으면 연락하지 않는다"는 말이 되므로, 언제까지 기다려야 좋을지 모른다. 내 경험으로는 1개월도 지나지 않아 연락이 온 경우가 있는가 하면, 반년이나 지나고서 연락이 온 경우도 있었다. 그러니 투고 후 반년 정도는 기다려보자.

반년이 지났는데 어떤 연락도 없다면, 채택되지 않았다고 봐도 좋다. 다시 써서 원고를 업그레이드해 보내보자.

만약 반년이 지나고 나서 채택되었다고 연락이 온다면 "반년이 지났지만, 연락이 없었기 때문에 채택되지 않았다고 생각하여 다른 출판사에 투고했습니다. 원고에 대해서는 새로운 기획으로 함께 작업하면 어떨지요?" 하고 말하면 된다.

원고 모집 심사 방법으로 말하면, 원고가 올 때마다 미심사함에 넣어두고, 여유가 있는 편집자가 원고를 읽고 판단하여 채택하면 되겠다 생각하면 작가에게 연락한다고 한다.

일반 문예의 신인상은 문학상 담당자가 읽지만, 포르노 소설은 편집자가 직접 읽는다. 이유는 투고된 원고 중 90%가 포르노 소설이 아니기 때문이다(어떤 점 때문에 포르노 소설이 아닌지는 다른 장에서 설명하겠다).

그렇기 때문에 바로 바로 읽을 수 있는 소설도 있지만, 가끔 미심사함 가장 아래로 가게 된 원고는 좀처럼 읽히지 않게 되는 것이다.

이것만은 그야말로 운에 달린 거라서 어쩔 도리가 없다. '후타바샤双葉社'나 '다카라지마샤宝島社', '겐토샤幻冬舍' 등의 포르노 소설도 내는 출판사는 부정기적으로 신인상 작품을 모집한다. 신인상을 뽑는다는 사실을 발견하면 꼭 응모하자.

신인상 응모 수는 프랑스서원 미소녀문고에서 300작품 정도라고 한다. 그중에서 뽑히기란 힘들 것 같지만, 신인상 수상은 간단하다.

이유는 응모작의 90%는 포르노 소설이 아니어서, 실질적으로 30개 정도로 응모작이 추려지기 때문이다. 30개 중에서 경쟁하는 것이기 때문에 수상은 미스터리나 라이트노벨보다도 간단하다. 나는 프랑스서원 미소녀문고, 겐토샤 아웃트로대상 특별상, 다카라지마샤 일본관능소설대상 이와이시마코상 이 세 개를 수상했다.

웹에 발표하여 스카우트된다

'소설가가 되자(https://syosetu.com)'라는 웹사이트가 있다. 소설 투고가 가능한 사이트인데, 전 연령이 이용하는 '소설가가 되자' 이외에도, 19금 남성향의 녹턴노벨스(https://noc.syosetu.com), 19금 여성향의 문라이트노벨스(https://mnlt.syosetu.com/top/top/)가 있다. 우리나라에서 대표적인 웹소설 플랫폼은 네이버소설, 문피아, 조아라, 카카오페이지 외에 다수 플랫폼이 있다. 각 플랫폼마다 여성향 로맨스가 주가 되는지, 판타지나 무협이 주가 되는지 그 특징을 지니고 있다. 성인 소설에 대해서는 이렇다 할 대표적인 플랫폼은 없지만, 네이버소설이나 카카오페이지의 성인 소설 연재는 장벽이 높고, 조아라의 하위 플랫폼인 노블레스를 연재처로 주로 추천하는 편이다. 소설 게재 사이트가 아니더라도 자신이 주로 포르노 소설을 봤던 곳에 먼저 연락해 영업하는 것도 방법이다.

포인트제로 되어 있어 많이 읽히는 소설 순으로 랭킹이 매겨진다. 이 랭킹에서 상위에 노출되면 포인트로 득점을 높게 얻은 작품에 편집부가 연락하여 단행본으로 연결된다.

현재 시점에서, 쥬브나일 포르노(젊은 독자를 주요 타깃으로 한 포르노 소설)나 여성향 소설(30대에서 50대의 여성을 타깃으로 한 포르노 소설)로 제한되어 있지만, 무료로 소설을 발표할 수가 있어, 쥬브나일 포르노나 여성향 소설로 데뷔하고 싶은 사람에게는 좋은 투고의 장이다. 그렇지만, 상위에 랭크된다는 것이 굉장히 어려워서, 신인상이나 원고 모집과 비슷하게, 혹은 그 이상으로 눈에 띄기가 힘들다.

웹 전용 신인상에 응모한다

웹사이트에서 순위가 높지 않아도 웹소설을 단행본으로 출간하는 방법이 있다. 바로 웹 전용 소설상에 응모하는 것이다.

응모 방법은 매우 간단한다. "×× 소설상에 응모하기" 버튼을 클릭하기만 하면 된다. 포인트제는 적어도 소설이 재밌으면 상을 타기가 쉽다. 웹에 발표하면 좋은 일만 가득할 것 같지만, 단행본은 쥬브나일 포르노와 여성향 소설로 한정된다.

프랑스서원이나 마돈나메이트처럼 포르노 소설 문고에서 데뷔하려면, 역시 투고가 답이다. 쥬브나일 포르노의 경우는 어떨까? 웹과 투고, 어느 쪽이 상을 타기 좋을까?

나는 투고 쪽이 상을 거머쥐기도 좋다고 생각한다. 이유는 투고가 줄고 있기 때문이다. 편집자에게서 직접 들은 이야기인데, 지금은 웹에서 발표하는 사람이 많아졌기 때문에 신인상 투고 수가 감소했다는 것이다.

한편, 웹소설 대상의 이전 회 응모작 수는 7,165편이다. 적은 상대와 경쟁하는 편이 수상하기 좋다.

기획, 원고 제안의 영업법

만약 당신이 포르노 장르가 아니더라도 책을 한 권이라도 낸 사람이라면, 꼭 실행하길 바라는 일이 있다. 바로 영업이다.

'소설가가 되자'에 투고한 작가는 자기 작품이 상위에 랭크되어도 출판사에서 연락이 오지 않을 때, 자신이 직접 출판사에 이메일을 보낸다고 한다.

말하자면 영업 이메일인 셈이다. 나도 이런 영업을 한 적이 있다. 라이트노벨과 시대소설은 이런 영업으로 활로를 마련했다. 영업의 방식은 다음과 같다.

— 책을 내고 싶은 출판사(레이블)의 책을 사서 읽고 연구한다.
— 그 출판사에서 통할 것 같은 기획서를 작성한다.
— 편집부 직통전화로 발매일 오후 2시에 전화한다.

편집부의 전화번호는 해당 출판사 단행본의 판권 면에서 확인할 수 있다. 바로 편집부로 연결되기도 하는가 하면 대표번호라면 편집부로 연결해달라고 하면 된다.

편집자는 아침이 늦고, 낮 즈음에 출근하여 막차를 타고 퇴근한다. 이유는 인쇄회사의 윤전기가 한밤중에도 돌아가기 때문이라 한다. 최근 우리나라는 정규 근무시간 외에 인쇄기를 잘 돌리지 않는다. 어느 편집자는 입사 초기에 정장으로 출근했는데, 모두 러프한 차림을 하고 있으니(편집자는 정장을 입지 않는다), 나도 청바지 차림과 폴로셔츠로 출근했더니 어느 틈엔가 이웃들에게 "저 사람, 입사하고 바로 회사에서 잘려서 하는 것도 없이 어슬렁대는 거야. 날백수가 따로 없어."라는 소문이 돌았다고 한다. "낮에 출근해서 밤에 돌아오니 별 수 없네요." 하고 웃어버렸다.

편집부의 발매일 오후 2시는 일반 회사의 오전 10시와 마찬가지다. 편집자가 사내에 있을 확률이 가장 높은 시간대다.

또한 책 발매일의 일주일 전은 오케이교라고 해서 인쇄 전 최종 체크를 하느라 바쁜 시기다. 오케이교란 오케이 교정의 준말로, 오케이를 기다리는 교정을 완료하는 것을 뜻한다. 오케이교를 마치면 이제 인쇄해도 좋다는 뜻으로 인쇄소에 원고를 넘기고 검판이라는, 최종 데이터 점검을 한다. 원고를 인쇄소에 넘기기 전 단계에 편집자는 신경질적이 된다. 데뷔 당시 오케이교 후 인쇄소에 가 있는 편집자에게 전화를 걸어버린 적이 있는데, "미안. 지금 인쇄소에 와 있어. 인쇄 기다리는 중이야"라고 했다. 인쇄에 들어갑시다, 하는 단계에서 잘못이 발견되어 인쇄소에서 고치는 중이었다.

시간에 쫓기는 나날을 보내고 있는 편집자도 발매일이 다가오면 짬이 생긴다. 발매일 오후 2시에 이렇게 전화를 걸었다.

"프랑스서원 미소녀문고에서 쓰고 있는 와카쓰키 히카루라고 합니다. 귀 레이블에서 집필하고 싶은데, 기획서부터 검토해주실 수 있으신가요?"

메일이 아니라 전화이니만큼 전화에서 가능성을 알 수 있기 때문이다. 마감 중에는 까칠한 편집자도 이 시기에 오는 전화에는 천사처럼 붙임성 좋게 전화를 받아준다. 응대는 세 가지로 나뉜다. 거절, 보내주세요, 만나봅시다.

"신인상 쪽으로 보내주세요""제안은 받아들이지 않습니다"는 거절이다. 포기하고 다음 단계로 가자.

"검토하겠으니 기획서를 보내주세요"라고 한다면, 편지와 기획서, 저작과 명함을 동봉하여 메일이나 우편을 보낸다.

"만나봅시다"는 일로 연결될 가능성이 높다. 작가가 영업을 한다고 하면 미간을 찌푸리는 사람도 있다.

영업이란 자신을 싸게 파는 것이고, 비굴한 것이며 품위 없는 일이라는 이유를 들면서. 문예 혹은 문학을 지향하는 쪽에 이런 사람들이 많다. 포르노 소설은 문예도 문학도 아닌 상품(실용품)이다. 나는 포르노 소설은 모객 비즈니스라고 생각한다. 파칭코 장사나 빵 장사, 스파나 휴양지와 마찬가지다.

폐사의 상품을 저희 회사에서 취급하게 해주지 않으시겠습니까? 폐사의 상품에는 이러한 장점이 있어 저희 회사에서 팔게 된다면, 저희 회사에 큰 이익이 되리라 생각합니다.

이렇게 프레젠테이션 하는 것은 비즈니스에서는 당연한 일이다. 자신의 미래를 자기 스스로 개척해나가는 것은 나쁜 것이 아니다. 오히려 안이하게 다른 사람에게 부탁하는 쪽이 나는 무섭다. 그 부탁한 사람이 이른바 업계의 장사치 같은 사람이라면 오히려 엉덩이의 털까지 뽑혀버릴지도 모른다.

업계의 장사치에 대해서는 추후 자세히 설명하겠다.

편집부 이모저모

예전에는 편집부라고 하면 출판사와 편집 프로덕션 사원을 이르는 말이었지만, 지금은 출판 불황으로 정사원의 수가 줄고 있는 경향이다.

2015년 가도카와角川, 다양한 장르의 출판물을 다루는 일본의 대형 출판사 300인 리스트는 업계를 놀라게 했다. 책 한 권당 수익이 줄고 있기 때문에 출판사는 책을 많이 내는 것으로 그 수익을 보충하려 하고 있다. 다음에 나오는 그래프는 판매액이 낮아져 신간의 수가 늘고 있다는 것을 보여준다.

그 때문에 사내의 편집자만으로는 업무를 할 수 없어 편집 작업을 외주로 돌리는 경우가 있다. 작가를 담당할 편집자는 그 회사에 정사원이기만 한 것은 아니다.

계약사원, 편집 프로덕션 편집자, 프리랜서 편집자 등 업무형태는 다양하다. 에이전시가 있는가 하면 출판 장사치도 있는 것이다. 작가 측에서 본 편집자의 특징을 정리해보았다.

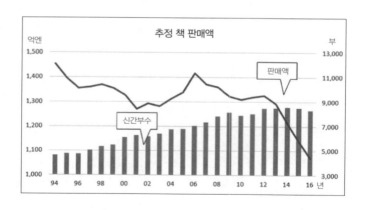

정사원

그 회사의 사원으로 일하는 편집자다. 현재 활발히 일하는 편집자는 취직빙하기세대의 분들이다. 엄격한 취직활동에서 승리를 쟁취했으니만큼 기본적으로는 모두 굉장히 우수하다.

허나 드물게 예외도 있다. 일이 없는 편집자나 상성이 맞지 않는 편집자가 담당이 되면 작가는 하지 않아도 될 괴로움을 겪는다.

라이트노벨에서 끊임없이 일을 의뢰받았던 때의 내게는 말도 안 되게 실수가 많은 편집자가 있었다. 일러스트 속 그림이 짧은 소매라며, 여름 이야기로 고쳐 써달라고 했다. 일러스트 지정은 편집자의 일이지만, 편집자가 일러스트 지정을 잘못했던 탓이다.

3페이지를 삭제해달라고 하여 3페이지를 삭제했더니, 페이지가 모자라다며 10페이지를 써서 보충해달라고도 했다. 편집자가 일러스트를 지정할 때, 크기를 감안하지 못한 탓이다.

모든 게 이런 식이어서, 그 파장이 작가에게까지 전달되었다. 나는 참았지만, 결국 인내의 끈을 놓게 되는 일이 벌어졌다. 바로 원고료 미지불 사태다. 지급일에 입금이 되지 않았던 것이다.

그 편집자는 "경리부에서 실수했나봅니다. 2개월 후에 지불될 겁니다. 경리부에 호되게 이야기해놓겠습니다"라고 했다.

경리부의 실수라면 해당 부서는 즉각 지급 사항을 추가하여 지불한다. 전표 보내는 걸 잊었구나, 하고 감이 왔다. 편집자가 지불전표를 끊어 경리에게 보내야 지불이 발생하는 건데, 이 지불전표를 끊는 것을 잊어버려, 결국 미지불을 일으킨 편집자가 잠자코 있는 것이다.

경리부에 "제 실수이기 때문에 가급적 빨리 원고료를 내보내주세요" 하고 말하는 게 싫어서 그제야 지불전표를 끊어 보내려는 것이었다.

"경리부가 실수한 거라면 바로 지급 리스트에 끼워 처리해주겠지요?"

"저희 회사의 시스템에서는 그렇게 되어 있습니다. 박한 회사예요. 진짜 못된 회사네요. 저도 용서가 안 됩니다."

"경리부로 직접 전화를 할 테니, 바꿔주시겠어요?"

편집자는 당황하며 말했다.

"편집장 지시입니다. 저는 잘못이 없습니다."

결국 인내가 바닥난 나는 전화를 끊고, 편집부로 전화를 걸어 편집장과 통화를 하게 되었다.

사정을 설명하자, 편집장은 기가 막혀했다.

"편집장이 지시했다, 경리부가 실수했다, 회사가 못됐다고 하더군요."

"처음 듣는 얘기입니다. 저는 지시한 적이 없습니다. 편집자에게 얘기를 들어보죠. 일단 전화를 끊겠습니다."

15분 후, 편집장이 전화를 걸어왔다.

"편집자가 지불전표를 보내는 걸 잊어버린 모양입니다. 자신의 실수가 알려지는 게 두려워서 거짓말을 했다고 하는군요."

꺽꺽대며 우는 소리가 수화기 너머로 들려왔다. 회사 생활에 대한 상식이 없어도 너무 없는 것에 나는 질려버렸다.

원고료는 다음 날 바로 처리되었다. 또한 그 후, 이 회사는 라이트노벨에서 물러났다.

계약사원

계약사원은 기한이 정해진 고용 형태다.

2년 계약으로 좋은 성적을 남기면(베스트셀러를 낸다면), 정사원으로 고용되는 조건으로 근무한다. 우리 작가들은 계약사원이라는 걸 모르는 경우가 많다.

"이번 달 말에 회사를 그만둡니다"라는 전화로 갑자기 알게 되는 것이다.

"네? 왜 이렇게 갑자기?"

"계약기간이 만료됐어요. 데스크(부편집장, 회사원이라면 과장이나 차장에 해당한다)의 ○○이 다음 담당자가 되었습니다."

이것은 작가에게 나쁜 것만은 아니다. 계약 사원의 계약 만료는 작가에게 있어 거래처가 늘어날 기회이기도 하기 때문이다.

"다음 달부터 ○○사에서 일하게 되었습니다. 와카쓰키 선생님, ○○사에서도 함께 작업해보지 않으시겠어요?"라는 제안이 들어오기 때문이다.

편집 프로덕션(출판기획사)

편집 작업을 의뢰받는 제작 회사다. 여러 출판사에 드나들며 편집 작업을 하는 곳이 있는가 하면, 한 회사와만 계약하여 하청회사처럼 작업하는 회사도 있다.

4장 말미에 여러 출판사에 드나드는 편집 프로덕션의 취재 일기를 실었으니 참고 바란다.

지금까지 나온 적 없는 장르인 새로운 시리즈는 사내에서 팀을 꾸려 사원에게 편집을 맡기는 것이 아니라 이미 노하우를 지닌 편집 프로덕션에 의뢰하기도 한다.

여러 출판사에 출입하는 편집회사의 경우, 여러 회사와 작업할 기회가 생긴다. 편집회사는 출판사로부터 편집비용을 받는 것으로 수익을 낸다. 에이전시와 달리 작가에게서 수익을 취하지 않는다(일부 예외도 있다).

에이전시

에이전트라는 것은 대리인이라는 의미로, 작가 대신 편집부와 교섭하는 존재다. 개인사업체도 있고, 법인사업체도 있다.

편집 운이 나빴던 나는 에이전시를 통할까도 생각해봤는데, 에이전시에 대한 이야기를 들을 만큼 듣긴 했지만, 결국 계약하지 않기로 했다. 세 가지 이유에서다.

— 당시 담당자 전원이 반대했다.
— 비용이 너무 비싸다.
— 리스크 분산이 되지 않는다.

출판업계는 보수적인 면이 있어서 인터넷이 발달한 현재도 직접 대면하여 논의하는 일을 가장 중요하게 여긴다. 당시 담당 편집자에게 에이전시에 소속되어 일할까 하는데 어떠냐고 물었더니, "일하기 힘들어진다. 나로서는 에이전시를 끼지 않고 직접 일하고 싶다"라고 이구동성으로 말했다.

출판사에게 있어 에이전시란, 작가를 숨기는 곤란한 존재로 여겨지는 것은 아닐까, 그런 식으로 느껴졌다. 일본의 업계 관례상 에이전시는 가까워지기 어려운 걸까, 하고 말이다.

에이전시 비용이 비쌌다는 것도 망설이게 된 이유 중 하나다. 편집부에서 청구서를 보내는 곳이 내가 아니라 에이전시가 되어 30%가 깎인 금액이 에이전시로부터 보내진다.

다 쓴 소설의 인세는 신인일 경우 50만 엔 정도인데, 에이전시를 통하면 15만 엔이 줄어 35만 엔이 되어버린다. 하지만 모든 창구를 에이전시로 해달라고 요청받는다. 내가, 나의 노력으로 쟁취한 일조차, 30%를 떼고 받는 것이다.

서양에서는 작가가 에이전시에 소속되는 것이 일반적이지만, 그건 에이전시가 작가의 생활을 돌봐주거나(작가가 틀어박혀 있는 동안, 생활비를 내거나 집필을 격려하는 에이전시도 있다고 한다), 저작권 관리도 에이전시가 하기 때문이다.

일본은 저작권 관리를 출판사가 하기 때문에 일본 에이전시가 하는 일은 작가와 편집자 사이의 연락 정도다. 연락을 대신해주는 것만으로 30%를 떼어가는 건 과하다고 생각했다. 그리고 이것이 가장 큰 이유인데, 그 에이전시에서 불성실한 사람이 배정된다면, 에이전시가 망했을 때, 원고료와 인세를 잃을 뿐아니라 작가 생명도 끝날 수 있는 것이다. 위기관리의 관점에서도 리스크는 분산되는 편이 낫다.

그렇기 때문에 나는 에이전시와 계약하지 않았다. 담당 편집자가 트러블을 일으킬 경우는 편집장에게 전화한다. 합이 맞지 않는 편집자가 있다면, 스스로 프리랜서 편집자를 고용하여 중개를 맡긴다. 나는 그런 방식으로 쾌적하게 일을 하고 있다.

프리랜서 편집자

회사에 소속되지 않고 편집 작업을 맡는 편집자다. 한 회사에서 사원처럼 일하는 경우가 있는가 하면, 여러 회사에 드나드는 편집자도 있다. 혼자서 편집 프로덕션를 운영하는 이미지랄까.

혼자서 일하는데 괜찮을까, 하고 염려될지도 모르지만, 라이트노벨에서 프리랜서 편집자가 담당이 되었을 때는 출판사에 소속된 편집자가 함께 와서 "뭔가 트러블이 생기면 저에게 연락 주십시오"라는 말과 함께 명함을 건네주었다. 우수한 사람으로, 어떤 트러블도 없이 일이 진행되었다.

프리랜서 편집자는 작가가 개인적으로 고용하는 경우도 있다. 담당자와의 합이 맞지 않지만, 편집장에게 담당자를 변경해달라고 하기는 꺼려진다. 하지만, 그 회사와의 일은 계속하고 싶을 때 프리랜서 편집자를 자신이 고용하여 중개를 맡기는 비법이 있다. 에이전시를 통하는 것보다 싸게 먹히는 방법이고, 추천하는 쪽이다.

프리랜서 편집자를 고용하는 방법은, 다음 사이트에서 모집해보자.

— 출판넷(http://union-nets.org/?page_id=1851)

프리랜서 편집자, 라이터, 교정자 등 출판업계에서 프리로 일을 하는 사람들이 모여 있다. 이쪽의 인재모집으로 문의해보자. 좋은 프리랜서 편집자를 찾을 수 있다. 우리나라는 북에디터닷컴이 이와 비슷하다. http://www.bookeditor.org/

— 고코나라(http://coconala.com/)

"지식·스킬·경험"을 팔 수 있는 프리마켓이다. 출판넷은 프로 집단이지만, 고코나라는 프로나 아마추어 모두 등록할 수 있기 때문에 비용이 낮아진다. 이쪽의 리퀘스트보드에서 모집하면 좋다. 우리나라의 비슷한 플랫폼으로 숨고와 크몽이 있다.

출판 장사치에게 걸려 기획사기를 당한 내 경험

업계를 건들건들 배회하는 건달, 즉 사기꾼을 업계에서는 출판 장사치라고 부른다. 자못 유능한 인간인 척을 하고, 친절한 행태를 띠고 접근하지만, 그들의 목적은 자신이 득을 얻는 것이다. 그러기 위해서라면 태연하게 거짓말을 하고, 상대를 이용하려고 한다. 내가 경험한 업계 장사치를 소개해보겠다.

F서원의 편집부에 한 프리랜서 편집자가 영업을 왔는데, 그 프리랜서 편집자가 "K사 라노베^{라이트노벨의 줄임말} 문고에서도 일을 하고 있는데, 거기서 작품을 내보지 않으시겠어요?"라고 했다며, F서원의 담당자가 내게 일을 주선해왔다.

K사 라노베 문고는 나라^{일본의 한 지역}로 이사하기 전에 영업을 해서 만나기도 했는데, 이사로 어수선했던 터라 잊고 있던 참이었다. 부모님이 잇달아 돌아가시고 생활이 급격히 변하여 연락이

끊겨버린 레이블이다.

이것도 인연이다 싶어 기획을 보냈는데, 어딘지 이상했다. 그 프리랜서 편집자가 내게 일절 연락을 하지 않는 것이다. 전부 F서원의 담당자를 거쳤다. "도쿄에 가는데, 만나고 싶으니 시간을 내줄 수 있으신가요? 한번 만나뵙고 싶습니다."라고 전해달라 했는데, 거절했다고 한다.

편집자는 얼굴을 직접 대면하고 논의하는 것을 가장 중요하게 생각한다. 메일 한 통 없이, 전화도 하지 않는다는 것은 이상했다. 이런 적은 처음이었다. 이래서 정말 일이 되겠나?

두 차례 기획서를 보냈고, 두 차례 모두 채택되지 않았다면서 이런저런 이유로 반년이 지났다. 성가신 기분을 느낀 나는 "제가 알아서 하겠으니 H씨의 주선은 필요 없습니다"라고 말하고 K사 라노베 문고의 담당자에게 전화를 걸었다. 주소 변경으로 전화한 이래 5년 만에 건 전화였는데, 쉽게 통화가 되었다.

"오랜만입니다. 와카쓰키입니다. 프리랜서 편집자인 H씨를 통해 기획이 채택되지 않았다고 들었는데, 직접 일을 진행하고 싶습니다. 새로운 인연으로 다시 시작하면 어떨까 합니다."

"네? 무슨 말씀이세요?"

"H씨 말이에요. F서원의 담당에게 들었는데… K사 라노베 문고에 출입하고 있다고 하셔서요. 자신이 기획을 받아서 보내겠다고, 그랬더니 귀사의 레이블에서 채택하지 않았다고…."

"들은 적 없는 내용이에요. H씨라는 프리랜서 편집자는 저는 모르는 사람이에요. 와카쓰키 선생님의 기획이 혹시라도 저희에게 보내졌다면, 제 앞으로 왔을 겁니다. 편집부 모두 와카쓰키 선생님 담당은 저로 알고 있으니까요."

역시, 라고 생각했다. 하지만 어째서 그런 거짓말을 하는 건지 알 수 없었다.

"그 프리랜서 편집자는 F서원에서 일하고 싶은 게 아닐까요? 나는 K사에 출입하고 있다, 나는 대단하다, 나는 이런 큰 출판사에 힘써준 사람이다, 라고 생색내고 싶은 것 같군요. 자신을 실력 이상으로 크게 드러내고 싶어 하는 사람이 가끔 있지요. 흔히 있는 일입니다."(K사는 4대 출판사 중 하나다).

과연 그랬다.

프리랜서 편집자 H씨의 목적은 F서원이었다. 나는 도구로써 이용되었을 뿐 처음부터 끝까지 전부 거짓말이었던 것이다. 미친 소리였던 것이다.

기획사기는 보통은 들통 나지 않는다. 작가는 출판사에 직접 영업을 하지 않기 때문이다. 하지만, 나는 영업을 하는 작가이기 때문에 거짓말이 명료하게 밝혀진 것이다.

"저, 와카쓰키 선생님 어떻게 계시나, 싶어 가끔 블로그를 봅니다."

"기획을 보내드릴 테니, 고견 부탁드립니다."

"당연히 검토하겠습니다!"

"부디 세심한 지도 부탁드려요."

다행히, 나는 그 후 K사 라노베 문고에서 순조롭게 일을 진행하고 있다. 일단 끊긴 인연을 다시 이을 수 있었기 때문에 다행이었다고 생각한다.

좋은 편집자를 만나는 방법

편잡자는, 훌륭한 분과 그렇지 않은 분이 있다. 출판 장사치도 있다. 더욱이 상성의 문제도 있다. 내게는 좋은 편집자여서 친구 작가에게 소개했더니 "이런 엄격한 편집자는 처음이야"라며 화를 낸 적이 있다. 좋은 편집자와 만나려면 어떻게 해야 좋을까? 세 가지 방법이 있다.

— 편집자를 만난다.

—   여러 장르, 여러 회사, 많은 편집자와 일을 해본다.

—   작가들과 친분을 만들어 정보를 교환한다.

나는 그 편집자와 만나 직접 이야기를 해보도록 한다. 출판 사는 도쿄에 집중되어 있기 때문에 지방에 사는 분은 좀처럼 편집자와 직접 만날 기회가 없을 것 같지만, 그래도 한번은 출 판사로 찾아가 편집자와 꼭 만나봐야 한다.우리나라는 서울과 파주에 집중되 어 있다.

눈을 마주치고 이야기를 나누면, 그 편집자가 무엇을 생각하 는지 알 수 있다. 작가를 만나고 싶어 하지 않는 편집자는 요주 의다. 어딘지 수상하다, 이상하다고 여겨진다면 도망가는 편이 좋다.

위기관리 차원에서 최고의 방법은 리스크 분산이다.

하나의 장르만, 하나의 회사와만, 한 명의 편집자와만 일을 하면 그 "하나"가 어그러질 경우 인세를 받지 못하게 될 뿐만 아니라 작가로서의 생명도 끝난다.

많은 편집자와 일을 하면 하나를 잃더라도 다른 곳에서 보조 할 수 있을 뿐만 아니라, 무엇이 수상한지 보인다.

이상한 편집자는 자신의 실수를 다른 사람에게 돌리는 것이

특기이다. 자신의 실수로 지불전표를 잊어버려 미지불이라는 사태를 일으킨 편집자는 "경리부의 잘못이다, 회사가 못됐다, 편집장이 시켰다"고 했다.

그러한 편집자와 일을 하면 마치 내가 잘못한 듯한 기분이 든다. "내 소설이 안 좋아서야" "내 잘못이 있겠지" 하고 믿어버린다. 소심한 사람은 우울증에 걸려 슬럼프에 빠지고, 작가로서의 생명이 끝나버린다.

이상한 편집자는 작가들 사이에서 소문이 돈다. 담당하고 있는 작가 전원에게 같은 행동을 하기 때문이다. 작가들끼리 정보를 교환하고 이상한 편집자에게서는 벗어나자.

곤란한 편집자가 담당이 되어도, 불만을 인터넷에 올리지는 말자

포르노 작가는 문학가가 아니고, 개인 사업가다.

출판업계에 꿈을 품고 있는 사람에게는 미안한 말이지만, 지극히 소규모의 동네 공장의 사장, 혹은 목수 팀의 나홀로 팀장 정도. 그것이 작가란 존재인 것이다.

직장 내 갑질이나 직장 내 성희롱, 하청업체에 갑질을 하는 메이커의 담당자가 있는 것처럼, 직장 내 갑질을 하는 편집자도 존재한다. 곤란한 편집자가 담당이 되었을 때, 어떻게 해야 할까?

그 일만 무난하게 마치고, 재빨리 거리를 두어도 좋고 프리랜서 편집자를 직접 고용해도 좋다. 편집장에게 전화를 걸어도 괜찮다.

가장 나쁜 것이 인터넷에 올리는 것이다. 인터넷에 올리면 당신과 일을 하고 싶어 했던 편집자에게 "이 작가, 작업하기 힘들겠네"라는 생각을 심어준다. 결국 자기 발목을 잡는 일이다.

인터넷에 올리기 전에 편집장에게 이야기해보자.

장편소설의
출판 프로세스

　장편을 써내는 것은 굉장히 큰 일이라는 이미지가 있다. 이 장편이라는 게 부정기적으로 기다리는 시간이 생겨 좀처럼 진척되지가 않는다. 역으로 말하면 부업으로 삼기엔 아주 훌륭하다. 새로 써내는 소설의 진행에 대해 순서를 매겨 설명하겠다.

1. 의논하기

　프로 작가는 좋아하는 소설을 마음 내키는 대로 써내는 것이 아니라 수요가 있는 소설을 쓰지 않으면 안 된다.

책을 한 권 출판하려면, 작가의 인세 이외에 편집비, 교정비, 일러스트비, 표지 및 본문 디자인비, 인쇄비, 종이값, 유통비 등이 든다. 팔리지 않아 반품된 책을 창고에 보관하는 창고비와 반품된 책을 재생하는 재단비도 발생한다. 이러한 모든 비용은 출판사가 부담한다.

팔리지 않은 소설을 출판해버리면, 출판사가 손실을 입는다. 또, 작가도 다음 일을 하기 힘들어진다. 문예나 문학의 세계에서는 팔리지 않아도 문화사업으로써 출판한다는 인식도 있지만, 포르노 작가는 팔려야 가치가 생기는 세계인 것이다.

출판사는 이 판매를 상세하게 체크한다. 책 뒤에 바코드가 있는데 서점 직원이 바코드를 찍는 그 순간, 출판물류(유통회사)와 대형 서점의 데이터베이스에, 무슨 현 무슨 시의 어디어디 서점에서 아무개라고 하는 책이 한 권 팔렸다는 정보가 축적된다.

각 회사의 손익분기점이라는 것이 있는데, 그 지점을 밑도는 작가에게는 의뢰가 오지 않는다. 적자 상품만 만들어내면 담당 편집자도 회사에 머물기 어려워진다.

그 때문에 우선 편집자와 전화로 논의를 하고, 어떤 소설을 쓸지 정한다. 전화로 상담할 경우도 있고, 열 줄 정도 대강의 줄

거리를 써서 네 개 정도 한 번에 보내 편집자와 상담하는 경우
도 있다. 나는 기다리는 시간을 단축시키기 위해 줄거리 네 개
를 한 번에 보낸다.

2. 기획서를 낸다

어떤 소설을 쓸지 정했으면, 기획서로 만든다. 기획서는 작가
에게 있어서는 소설의 상세설계도이며, 도면이며, 항해도다.

"내가 이제부터 쓰려는 소설은 이러한 장점이 있고 이러한
독자가 대상이 된다. 내 소설을 출판하면 팔린다. 귀사에 손해
를 끼치지 않을 것이다" 하고 출판사에 PR하는 프레젠테이션
자료이기도 하다.

작가가 제안한 기획서가 그대로 통과되는 경우는 일단 없고,
제외되는 것도 있고 편집자가 이견을 보태 기획을 보완하는 경
우도 있다.

"여중생은 NG, 나이를 더 높이죠" "여주인공이 주인공을 좋아
하게 되는 데 설득력이 없어요. 여주인공이 주인공을 좋아하게
되는 에피소드를 늘려봅시다" "여주인공을 둘로 하려면, 차라리
쌍둥이로 하는 건 어때요?"

편집자의 의견과 함께 기획서를 고쳐서 제출하기를 반복한다.

3. 기획회의

편집자의 OK가 떨어지면, 한 번 더 기획회의를 하는 회사가
있다. 편집자만의 기획회의에서 OK가 떨어진 기획을 다른 사
람(중역이나 이사급)과 한 번 더 체크하여 출판할지 말지를 최종
결정하는 회사도 있다. 회의에서 승인이 나면 드디어 집필이 시
작된다.

4. 집필

나는 진행상황의 보고를 겸하여 한 챕터마다 메일을 보낸다.
책 한 권을 쓰는 데 1개월 정도 걸린다. 잘 팔릴 때는 한 해에
13권의 새 소설을 써내기도 했다. 2주 정도로 책 한 권을 써냈
다. 지금은 이렇게 무턱대고 쓰지는 못한다.

글쓰기가 전부 완료되었다면, 일단 프린트해서 처음부터 다
시 읽어보고 퇴고를 하고, 편집자에게 메일에 첨부하여 납품을
완료한다. 이것을 초고라고 한다.

5. 다듬기(편집자 체크에 따른 고치기)

초고가 그대로 책으로 나오지는 않는다. 편집자가 원고를 체크하여 더 재미있게 만들기 위한 의견이나 모순을 지적한다.

"삽입부터 사정 사이가 너무 짧아요. 아무리 동정을 떼는 장면이라고 해도 너무 조루 같아요. 주인공이 좀 더 참았으면 좋겠어요. 주인공이 흥분하는 모습을 15줄 정도 더 써주세요." "침대에 올라가기 전에 옷을 벗었는데, 원피스 스커트를 벗기고 있네요." "에필로그에서 더블 펠라티오를 받게 하죠." "여주인공의 감정이 쓰이지 않아서 야하진 않아요. 이 서비스 신은 여주인공의 시점으로 써서 여주인공이 어떤 기분을 느끼는지 씁시다."

편집자의 의견을 따라 소설을 고친 다음, 워드 프로세스의 검색치환 기능을 사용해 일관성 없이 쓰인 단어나 용어를 통일시킨다. 한 권의 책 안에서 용어의 쓰임이 일관되어야 한다는 약속이다. 만약 어쩐 특정 상황에 따라 같은 의미의 용어가 이런 단어로 쓰이기도 하고, 저런 단어가 쓰이기도 한다면 그 원칙을 철저히 지켜 원고의 완성도를 높이고, 독자가 이야기를 파악하는 데 혼란을 주지 않아야 한다. 교정자도 체크하는 사항이지만, 나는 퇴고 원고(두 번째 교정 원고)에서 통일시킨다. 보통은 퇴고 원고에서 오케이가 나지만, 세 번째, 네 번째 단계에서 통일시키는 경우도 있다.

또한 포르노 소설에서는 초교가 어그러지지는 않는다. 라이트노벨에서는 한 번 원고를 전부 날려버린 경험이 있다.

6. 교정쇄(저자 교정)

출판 2주 정도 전, 교정자가 체크해놓은 원고가 도착한다. 이것은 출판 전에 저자가 하는 최종 체크다. 편집자의 체크는 소설 내용에 대한 수정이지만, 이쪽은 문장에 대한 수정이다.

교정쇄란 말하자면, 시험 인쇄가 된다. 여담이지만, 과거에 썼던 게라즈리에서 게라라는 말은 활판인쇄 시대에 인쇄회사에서 활자를 끼워 넣기 위해 사용한 금속이나 목제 조각 등을 지칭하는 데에서 유래했다. 활판인쇄는 지금에서는 더 이상 쓰이지 않지만, 명칭은 남아 있다.

교정자가 교정한 교정쇄를 저자가 확인하는 작업이다. 교정 체크포인트는 방언, 용어의 통일, 오자, 사어, 이 원고에서만 쓰인 언어, 한자 명기의 통일 등 다양하다. 시대소설의 교정자는 시대고증까지 체크한다.

교정자는 소설의 골키퍼이며, 든든한 존재다. 허나, 예외도 있다. 라이트노벨을 쓸 때 경험한 것으로, 남고생들이 주로 쓰는 단어나 여주인공의 특징적인 말투 등 대화문 전체를, 정중한 경어로 고친 교정자가 있었다.

문장의 맛을 살리려는 의도로, 오용한 것이 아닌데도 정정 표기를 해놔서 연필로 새까맣게 되어 있었다. 거기다 "초등학교에서 배우는 문법입니다"라며 보충 설명을 하면서, 조사는 어떻고, 조동사는 어떻고, 부사는 어떻고 하는 문법 사항까지 있었다. 그럼에도 불구하고, 오자 정정 체크나 한자 표기 통일 등에 대해서는 적당히 했다. 나는 담당자에게 항의했다.

"초등학교에서 배우는 문법 고지는, 최종교에서 하지 않아도 괜찮잖아요. 이 교정대로 고치면 안 팔려요. 이건 라이트노벨이라구요. 아동문학도 아니고, 순수문학도 아니에요."

"와카쓰키 선생님이 불쾌했던 것도 당연합니다. 이 교정자가 담당하면 작가 분들 모두 화를 내요."

편집자는 몹시 난감해했다.

"전부요?"

"네, 불쾌한 교정은 무시해도 됩니다."

일본의 경우 작은 출판사는 교정을 외주로 돌린다. 교정을 전문으로 하는 회사가 있기 때문이다. 교정회사는 제대로 일을 하지 않으면 다음 일이 들어오지 않기 때문에 대화문을 경어로 고치거나 문법 박사이거나 오자를 놓치는 일 따위는 없다.

하지만 큰 출판사는 사내에 교정 팀이 있어, 일을 맡을 수 있는 여유가 있는 사람이 교정을 본다. 그 회사에서는 순수문학이나 아동문학도 나오기 때문에 순수문학과 아동문학을 좋아하는 교정자가 종종 담당하게 되기도 하는 것이다.

그 교정자는 정년을 앞둔 베테랑 여성분이었다고 한다. 라이트노벨의 평이한 문장이나 고등학생들이 쓰는 단어가 용납이 안 되어 바른 경어체와 아름다운 표준어로 고치려고 너무 열심히 한 나머지 오자 체크를 잊은 듯하다고 했다. 게다가 교정부는 사내에서도 한 수 위로 보는 팀이어서 라이트노벨의 젊은 담당자는 베테랑 교정자에게 불만을 말하기가 힘들다고. 그 회사에서 라이트노벨을 쓰는 작가 대다수가 피해를 입어서 담당자도 어떻게 하면 좋을지 고민이었다.

이러한 경우, 교정자의 의견을 전부 들을 필요는 없다. "근데 선생님, 난처하게시리. 그런 거 빡친다고"가 "하지만 선생님, 곤란합니다. 저는 그런 행동에 분노를 느낍니다" 하고 교정되어 있으면 편집자는 체크에 X를 치고, "生(생)"이라고 써둔다. "生"

이라는 것은 원고 그대로 간다는 뜻이다.

소설의 "내용"에 교정할 수 있는 것은 편집자뿐이다. 교정자는 "문장" 체크를 할 뿐 그것도 어디까지나 연필로만이다. 소설에 책임을 갖는 것은 작가다.

교정자 체크는 이상하다고 생각되면 무시해도 상관없다. 나는 그 후 문법을 연습하기 위해서 국어 참고서를 사와서 초등학교부터 대학 수험서까지 다시 배웠다. 경험할 기회를 얻게 되어 다행이라고 생각하고 있다.

교정쇄를 우편으로 보내고 나면 저자가 할 일은 이제 끝이다. 다음은 책이 나오는 것을 기다리면 된다. 소설을 쓰는 시간보다 편집자와 회의하거나 기획서를 쓰거나 원고를 고치는 시간이 더 길다고 생각될 정도다.

전업 작가에게 이 "기다림"은 고통이지만, 부업이라면 느긋한 시간이라고 할 수 있다. 나는 전업 작가이지만, 라이트노벨, 시대소설, 쥬브나일 포르노, 포르노 소설, 여성향 소설, 실용서 등을 병행하여 쓰고 있어 기다리는 시간을 없애도록 하고 있다.

프로 작가가 되어도, 회사를 그만두는 것은 여러 장르, 여러 레이블에 다리를 걸쳐 쓸 수 있게끔 한 다음이 좋다.

7. 인쇄본이 완성되었다

서점에 책이 진열되기 조금 전, 인쇄본이 보내진다. 인쇄본은 서점에 깔리는 책과 완전히 똑같다. 배송되는 권수는 출판사마다 다른데, 열 권 이상인 출판사가 있는가 하면, 세 권 정도를 보내는 회사도 있었다. 평균은 열 권이다.

갓 인쇄되어 잉크향이 나는 책을 펼치는 순간은 작가에게 있어 가장 기쁜 순간이다. 대충 읽으면서 오자가 없는지 체크해둔다. 혹시 오자가 발견되면 연필로 동그라미를 쳐서 포스트잇으로 붙여 보관해둔다.

증쇄할 때 오자를 수정할 수 있기 때문이다(팔리지 않아 증쇄가 안 되면 그대로다). 판매 상황이 좋아 재고가 없어지면, 아직은 계속 팔리겠다고 판단되어 증쇄(중쇄)를 건다.

증쇄는 이름 그대로, 인쇄를 늘린다는 말이다. 증쇄는 3,000부 정도 된다.

700엔×8%×3,000권=147,000엔

14만에서 20만 엔의 임시수입이다. 증쇄는 기쁜 일이다. 팔린다는 것이 증명되는 것이니 말이다. 인쇄본은 친구들에게 주지 말고, 손닿는 곳에 두자. 처음 마주하는 편집자에게는 저서 증정을 하자. 저서 증정이 최고의 명함이다.

8. 배본일이 도래했다

기다리고 기다리던 배본일이 도래했다! 하지만 아직 서점에는 가지 마시라. 아직 당신의 책은 서점에 깔리지 않았으니.

배본일은 인쇄가 끝나고 책을 실어 유통회사의 트럭이 인쇄소에서 서점으로 향하는 출발 일을 말한다. 서점은 전국에 1만 3,000개 정도가 있다. 도쿄 근방에서 순서대로 진열되기 시작하여 홋카이도나 오키나와의 서점에 도착하기까지 2일 정도가 소요된다.

책이 서점에 배본되어도 서점 직원이 댐지^{책 위아래를 보호하는 골판지}에서 책을 풀어 서점에 까는 작업이 필요하다.

도쿄 등 유통사정이 좋은 곳은 배본일 저녁부터 서점에 깔린다지만, 내가 사는 곳은 나라여서 둘째 날 정도에 겨우 발매가 개시된다.

9. 수익성이 좋았다면 다음 의뢰가 온다

서점에서 책이 팔릴 때마다 바코드 리더를 통해 대형서점과 출판물류의 데이터베이스에 정보가 축적된다. 이 데이터베이스, 단지 숫자를 세는 것만이 아니다. ××시의 대학생협회의 도서관에서 취직활동 책과 함께 남자 대학생이 샀다, 라는 것까지 알 수 있다고 한다.

일주일에서 열흘째 정도에 반품이 들어오기 시작한다.^{우리나라} _{의 경우 반품 기간이 더 길다.} 그렇기 때문에 편집자는 배본 3일째 정도부터 10일 후 정도까지 판매 데이터를 주시한다.

편집자가 알고 싶은 것은 수익성이다. 편집자로서도 수익성을 크게 밑도는 작가에게는 다음 원고를 맡기길 저어하게 된다. 팔리지 않는 작가는 일 주선도 꺼려진다.

우선은 두 번째 작품 의뢰가 오는 작가를 목표로 하자.

겸업 작가의
일상

나는 에로 라이터로 데뷔하고 나서 4년째에 프랑스서원 나폴레옹 대상을 수상했다. 데뷔 후 6년 정도는 파견사원이나 아르바이트를 겸업했는데, 궤도에 오르고 나서는 전업으로 일을 했다. 지금은 소설 교실 선생이나 인터넷 첨삭을 하고 있지만, 대개 전업이다. 하지만 나처럼 전업 작가는 드물고, 작가 대부분은 겸업을 한다.

이것은 포르노 장르에만 해당되는 것이 아니라 소설가에게 모두 해당된다. 신인상을 거머쥔 신인작가에게 편집자가 처음

협의하는 것이 "일은 그만두지 말아주세요"다.

작가 업은 불안정한 직종으로, 성공할지 안 할지 알 수 없다. 그렇기 때문에 편집자는 겸업을 추천하는 것이다.

회사원과 포르노 작가를 겸업한다는 것은 물리적으로 가능한 걸까? 회사원인 대부분은 정시에 퇴근할 수 있는 날이 적지 않은가?

글쓰기에 기다리는 시간이 많다는 것은 이미 서술한 바 있다. 줄거리를 제안하고 답변을 기다리고, 기획서를 제출하고, 답변을 기다리고, 기획회의의 답변을 기다리고, 다른 사람의 검토 회신을 기다리고, 초고를 납품하면 수정 사항을 기다리고, 퇴고 원고를 납품한 다음 다시 기다린다.

집필에는 시간이 걸리지만, 내가 아는 겸업작가는 제각기 연구를 통해 시간을 정해두지 않고 소설을 쓴다.

메모를 사용해 빨리 쓰는 방법

내 작가 친구는 사무직 여성인데, 증권회사에 근무하여 잔업이 많은 직종이다. 그녀의 집필 시간은 집으로 돌아오고 나서 30분 정도다. 토일 중 하루는 쉬는 날로 쓰니 주말 중에도 이틀

중 하루만 쓸 수 있다.

그녀는 창작 노트를 가방에 넣어 갖고 다니며, 전철이나 점심시간을 이용해 소설의 다음 장면을 메모한다고 한다. 대사나 지문(대사 이외의 문장) 등 생각나는 것을 모두 메모한다는 것. 그녀는 그림을 그릴 수 있기 때문에 일러스트를 그리기도 한다. 그리고 그 메모를 보면서 집필한다.

이미 쓴 내용은 정해져 있기 때문에 단지 오로지 컴퓨터 자판을 두드릴 뿐이다. 나는 컴퓨터 앞에 앉아도 다음 전개가 생각나지 않아 아무것도 하지 않고 시간을 보내는 일이 있다. 글쓰기가 부진해지는 탓에 아무 생각 없이 인터넷을 보게 되고, 문득 정신을 차리면 두 시간 정도가 지나가버리는 일이 잦다.

하지만, 그녀의 경우 다음 전개는 이미 메모해두었기 때문에 빨리 쓸 수 있는 것이다. 일요일 등 여유 있는 시간에 수정 작업을 한다고 말했다. 그녀는 그런 방법으로 1년에 두 권 정도의 작품을 출판한다.

각본을 만들고 나서 쓰는 방법

어떤 선배 작가는 가전제품을 배달하고 설치하는 일을 하고 있다. 하루 동안 차를 타고 고객 집에서 고객 집으로 이동하여 냉장고 수리를 하거나 에어컨을 설치하는 바쁜 직업이다. 출근시간이나 점심시간에 메모를 할 수도 없다.

선배작가는 소설을 쓸 때, 기획서에 에피소드를 더하고, 거기다 대사만을 써넣어, 처음에 각본을 만들어버린다고 했다. 선배는 기획서가 승인이 날 때부터 집필에 들어가지만, 그 기획서에 상세한 에피소드가 들어가 있기 때문에 대사를 더 써넣어간다. 무대 각본처럼 완성되면, 지문을 메꿔 넣는다.

나는 할 수 없는 방법이지만, 선배작가는 그 방법으로 장편소설 한 권을 1개월 만에 써냈다고 한다.

2장

포르노 소설, 궁금한 것을 답하다

포르노 소설 편집자는
무섭지 않나요?

포르노 소설 편집자는 어딘지 무서울 것 같다. "정상적일까?" 하고 생각하는 사람은 없는지…?

실은 내가 그렇게 생각했다. 포르노라는 게 언더그라운드의 이미지가 있다 보니 나는 여자인 데다, 포르노 소설에 대한 지식이 거의 없던 탓에 선입견이 있어 경계했다.

하지만 실제로 포르노 소설 편집자를 만나니, 극히 평범한 아저씨였다. 맥 빠질 정도로 보통이었던 것이다. 출판사는 대중문화다. 즉 대중을 대상으로 하는 미디어로, 문과계열 대학생들이 선망하는 취직자리다. 우수한 학생밖에 채용하지 않는다. 더구나 현재는 출판 불황으로 출판사의 편집부는 대개 소수정예로 움직인다. 우수한 사람밖에 남아 있지 않다.

나를 곤란하게 한 편집자도 있는데, 내 경험으로는 비상식적인 편집자는 라이트노벨에 많은 듯 생각된다. 라이트노벨은 급속하게 팽창한 탓인지, 편집자의 숙련도가 낮다. 라이트노벨은 젊은 사람이 읽는 소설이기 때문에 젊은 편집자가 배치된다는 것도, 회사 상식이 부족한 편집자가 여기저기서 보이는 이유기도 하다.

포르노 소설 편집자는 대개 정상이다.

포르노 소설 출판사는
조폭이 운영하는 데 아니야?

포르노 소설을 출판하는 출판사는 착실한 회사다.

여중고생 대상의 여성향 소설을 펴내는 바닐라문고는 하퍼콜리스 재팬이 출판하고 있다. 이 출판사를 들은 적 없는 사람도 많을 텐데, 할리퀸 사가 회사 이름을 바꾼 거라고 하면 아아 거기구나, 하고 생각할 것이다. 하퍼콜리스 재팬은 세계 제2위의 종합 출판사의 일본 법인이다.

포르노 소설인 아웃트로 문고를 내고 있는 곳은 겐토샤다. 쥬브나일소설 전자책, 오시리스 문고를 내고 있는 것은 가도가

와다. 후타바샤, 다케쇼보^{竹書房}, 다카라지마샤도 포르노 소설 문고를 내고 있다.

와다. 후타바샤, 다케쇼보(竹書房), 다카라지마샤도 포르노 소설 문고를 내고 있다.

포르노 소설은
전부 같은 거 아니야?

포르노 소설은 겉에서 보면 다 같아 보이지만, 실은 대상독자에 따라 여러 장르가 존재한다.

◆ 프랑스서원과 마돈나메이트 등 외설스런 표지의 포르노 소설 레이블

40대에서 50대 남성 직장인을 대상으로 한다. 역사 매점에서 곧잘 팔린다. 출장을 가는 직장인이 구입한다.

◆ 후타바샤나 다케쇼보, 다카라지마, 이스트프레스에츠 문고, 겐토샤 아웃트로 문고 등 표지가 소프트하고 일반소설 같은 책꼴로 발행되는 포르노 소설 레이블

프랑스서원보다 연배가 있는, 50~70대 사이의 남성 직장인 혹은 남성 정년퇴직자가 대상독자로, 글자 크기가 크게 인쇄되어 있다.

◆ 시대관능소설
에로신이 많은 시대소설이다. 50~70대의 회사원, 정년퇴직자가 대상독자다.

◆ 쥬브나일 포르노
20~30대의 젊은 남성이 대상독자인 문고다. 미소녀문고, 니지겐도리무 문고 등 일러스트를 많이 사용하기 때문에 라이트노벨이나 애니메이션, 만화와 친화력이 높다.

◆ 웹소설을 서적화한 '소설가가 되자' 소설
녹턴노벨스에서 높은 순위를 기록한 것을 단행본으로 만든 것이다. 문고에는 없는 소프트커버의 큰 판형으로 전개된다.

가격이 세다.

◆ 여성향 소설

30~50대 중년 여성을 대상으로 하기 때문에 순진무구한 신혼 여성이 왕자님이나 사장, 호텔왕에게 사랑받아 지위도 명예와 돈을 모두 성취해 행복해지는 이야기다. 표지는 30년 정도 전의 소녀만화 감성으로, 꽃이 많이 곁들여져 있고, 사랑스러운 핑크색으로 예쁘장하게 만들어진다. 에로신이 많은 할리퀸 로맨스다. 가격은 낮다. 여성은 가격에 민감하여, 책이 비싸면 사지 않는다.

나는 '소설가가 되자' 소설 이외의 모든 장르에서 출판해봤다. 장르에 따라 요구되는 점이 다르다. 핵심 포인트가 제각기 달라진다. 핵심의 다름은 작가가 잘하고 못하고에 달린 일이다. 나는 쥬브나일 포르노는 잘하지만, 여성향 소설은 서툴다.

나는 보석도, 하늘하늘한 드레스도 좋아하지만, 내 돈으로 사지는 않는다. 자신의 미래는 자기가 열어 나가는 거라고 생각한다.

그 때문에 여성향 소설의 여주인공은 아무것도 안 해도 왕자님에게 돈을 받아 전개되는 이야기를 동경할 수가 없다. 반면 엄청 좋아하는 남성에게는 무엇이든지 해주고 싶다는 생각이 있어. 그렇기 때문에 쥬브나일 포르노에서 잘 팔리는 거라고 생각한다.

남자라서 남성향 포르노 소설을 쓸 수 있다고만은 할 수 없다. 여자이기 때문에 여성향 소설을 쓴다고도 할 수 없다.

나는 남성향 소설을 쓰는 여성작가이지만, 여류 포르노 작가는 10명에 한 명 꼴로 존재한다. 여성향 소설을 쓰는 남성작가도 10% 정도 있다(다만, 그들은 자신의 성별을 설정하여 여자 아이스러운 펜네임을 사용한다).

자신에게 맞는 장르를 찾자!

포르노 작가는
야한 경험이 많아야 하는 걸까?

　여기서 질문. 미스터리 작가는 살인을 하고 쓰는 걸까? 호러 작가는 시체를 해부하는 걸까? 물론 답은 "아니다"다. 살인이나 시체 해부는 공부와 상상력에 따른 것이다.

　나는 소설에서 애널 섹스나 SM 플레이를 쓰지만, 나 자신이 애널 섹스를 하거나 SM 플레이를 한 적은 없다.

　그렇다면 어떻게 SM 플레이를 쓰는 것이냐 묻는다면, 나는 단 오니로쿠 ^{1931년에 태어난 일본의 소설가. SM 등의 관능소설을 쓴 것으로 유명하다}, 치구사 다다오 ^{1930년에 태어난, SM 소설을 주로 쓰는 관능소설가}, 유키 가호루 ^{SM계열 소설을}

많이 쓴 관능소설가, **키라 히카루**^{약물이나 강압적인 묘사가 많은 소설을 쓴 관능소설가}, 다테

쥰이치^{일본의 에세이스트, 잡학연구가, 관능소설가} 등 독선생들의 SM 소설을 좋

아했다. 독선생들의 소설에 나의 상상력을 불어넣어 나 나름의

문장표현을 추구하여 완성된 것이 나의 소설이다.

    야한 망상을 즐기는 사람은 상상력이 풍부한 사람이다. 야한

망상력만 있으면 포르노 소설을 쓸 수 있다.

    처녀도, 동정도 고등학생도, 나이 든 사람도 주부도, 직장인

도 쓸 수 있다. 일찍이 프랑스서원에서는 16세의 현역 여고생

포르노 작가가 있었다. 지금, 당신이 읽고 있는 포르노 소설도

10대 소녀가 쓴 소설일지도 모른다.

포르노 작가는 돈을 바라고
에로 소설을 쓰는 거겠죠?

　나는 돈을 벌기 위해 포르노 소설을 쓰기 시작했다. 비즈니
스로써 소설가를 하는 것이다. 일에 상응하는 보상받는 것은 당
연하다. 포르노 소설은 대단하게 팔리지는 않지만, 폭망하지는
않는다.

　"미소녀문고라면 발매일에 다 사버린다"는 열성 독자들에게
지지받고 있기 때문에 일반소설에 가끔 있는, 전혀 팔리지 않는
그런 케이스는 우선 없다.

　라이트노벨보다 시대소설보다, 포르노에서 데뷔하는 편이

돈이 벌린다. 하지만 돈만으로 소설을 쓰는 것만은 아니다. 여성향 소설을 쓰는 어느 여성작가는 이혼하여 아이를 키우고 있다. 일하지도 않고 집안일도 하지 않는 남편 때문에 곤란한 처지라서, 왕자님이 무엇이든 다 해주는 여성향 소설을 쓰면 즐겁다고 한다. 독자와 자기 자신에게, 꿈을 제공하고 싶다는 것이 그녀의 말이다.

남자인데 여성향 소설을 쓰는 '소설가가 되자' 작가는 애인을 기쁘게 해주려고 연재가 중단된 인터넷 소설의 뒤편을 쓴 것이 소설을 쓰게 된 계기라고 한다. 애인과는 헤어졌다고 하지만, 그는 여자가 예뻐서가 아니라 여성독자를 기쁘게 해주고 싶어서 소설을 쓴다고 한다.

하드코어계의 SM 소설을 남자 이름으로 쓰는 여성작가는 남편이 전기 브랜드의 주임 연구원으로, 사택에서 살고 있다. 언뜻 행복해 보이지만, 세 번이나 유산하여, 아이를 동반한 주부가 보기 싫어 근처의 주부들을 모델로 하드코어한 소설을 썼다고 한다.

에로 라이터로 시작하여 일반소설로 옮겨가, 나오키상을 받고 나서는 포르노 소설을 썼던 과거를 감추고 있는 여성작가는 "돈도 지위도 누리고 얼굴도, 스타일도 좋아서, 남자에게 인기

있는 여자가 용납이 안 된다. 무엇이든 다 갖고 있는 여자에게
는 철퇴를 가하지 않으면 안 된다"는 생각에서 SM 소설을 썼다
고 했다.

멈추려야 멈출 수 없는 충동에 자극받아 포르노 소설을 쓰는
작가들도 많은 것이다. 이혼하여 돈이 필요하다. 여자가 좋아서
보듬어주고 싶다. 동성이 밉다. 독자를 즐겁게 해주고 싶다. 자
기 자신과 독자에게 꿈을 제공하고 싶다.

만약 당신에게 그러한 충동이 있다면 당신은 포르노 소설 작
가로 대성공할 것이다.

포르노 소설이란 게
야한 것만 쓰면 되는 거겠죠?

포르노 소설에서 중요한 것은 야함이다. 잠자리 매뉴얼 같은 포르노 소설에 가치는 없다. 하지만 포르노 소설은 에로만 있어서는 안 된다. 지금은 야한 매체는 얼마든지 있다. 인터넷을 사용하면 무료로 야한 동영상을 볼 수 있다. 하지만, 왜, 독자는 일부러 포르노 "소설"을 읽는 것일까? AV나 야한 사진이나 성인 게임, 야한 만화에는 없는 포르노 소설만의 즐거움이 있어서가 아닐까?

그렇다면 그 즐거움이란 게 대체 무엇일까?

소설에는 글자밖에 없다. 쥬브나일 포르노와 여성향 소설에는 일러스트가 있지만, 프랑스서원이나 겐토샤 아웃트로 문고는 일러스트가 표지에만 들어가 있다. 포르노 소설을 보며 흥분하려면 문장을 읽고 그 장면을 상상하여, 촉감이나 냄새, 목소리를 재현해야만 한다. 포르노 소설의 독자들은 문장을 눈으로 쫓는 것만으로 여주인공의 목소리가 들리는 듯하다고 말한다. 포르노 소설의 독자는 책을 제법 읽을 줄 아는 성인 남성이다. 문장을 읽고 야한 기분에 잠기기 위해서는 독자 측에 수준 있는 교양이 요구되는 것이다.

독자는 자기 자신이 주인공이 되어 여주인공을 자신에게 이상적인 여인으로 치환하여 읽는다. 이미지가 없기에 오히려 독자들은 자신의 기호에 맞는 여성을 떠올릴 수 있는 것이다.

AV 여배우가 아무리 아름답다고 해도 "독자들에게는 자신의 이상형"이 "좋아한다"고 말하며 응석을 부리는 것만큼 매력적인 일은 없다. 남자가 꿈꾸는 세계다.

나는 최근 포르노 소설 독자들은 "배출"하는 것만이 아닌, 꿈을 꾸고 싶기에 포르노 소설을 읽는 것은 아닐까, 하는 생각에 이르렀다. 다카라즈카의 남성 역할처럼 땀내 나지 않는 왕자님에게 사랑받고, 당신은 어찌 이리도 매력적이란 말인가 하는 속

삭임을 들으며 안기고, 재물도 자신감도 미래에 대한 안정도 손에 넣는다. 그것은 파트타임과 집안일로 지친 주부의 꿈이다. 나보다 나이가 많은 연상이 "너는 열심히 하고 있어. 내가 뭐든 해줄게. 너는 아무것도 안 해도 돼" 하고 다정하게 안아주며 가르쳐준다. 그것은 피로에 찌든 직장인의 꿈이다.

건방진 여자 상사를 자신의 남근으로 굴복시켜 신음하게 만든다. 그것은 상승하려는 성향이 강한 젊은 직장인의 꿈이다. 학교의 아이돌이 나를 좋아한다고 해주고, 함께 데이트하며 "너를 전부터 좋아했어"라고 달콤하게 말하고, 몸을 열어준다. 그것은 남자 고등학생의 꿈이다.

당신이 만약 그러한 꿈을 갖고 있다면 당신은 포르노 작가로서 성공이다.

포르노 소설을 쓰면
빠져나올 수 없는 건 아닐까?

동료 작가가 진지한 얼굴로 물었다. "포르노 소설을 쓰면 거기서 못 벗어나죠?" 유곽의 매춘부의 탈주나 야쿠자의 돈을 떼먹고 도망치는 것도 아닐 테고, 하면서 웃어버렸다.

어째서 이런 소문이 생겨난 것일까? 뭐, 상상하기 어렵지는 않다.

나는 2001년에 프랑스서원 나폴레옹 대상을 수상하여, 와카쓰키 히카루로서 데뷔했다. 데뷔 당시에 겪은 일인데, 프랑스서원에서 데뷔한 작가는 프랑스서원의 펜네임으로 다른 데서는 써서는 안 된다는 불문율이 있었다. 다른 곳에서 쓸 때는 펜네임을 반드시 바꿔야만 했던 것이다.

프랑스서원의 포르노 소설 작가가 모두 일제히 프랑스서원 이외의 곳에서 쓰지 않고, 더구나 계속해서 프랑스서원에서 쓰고 있으니까 포르노 소설을 쓰면 그 업계에서 빠져나올 수 없다는 도시전설 같은 것이 생겼다 해도 이상하지 않다.

하지만, 지금은 프랑스서원에서는 작가를 그리 가둬두지 않는다. 그뿐인가. 프랑스서원은 작가를 응원하기까지 한다. 시대소설도 라이트노벨도 실용서도 점차 쓰라는 말과 함께 편집부를 소개해주고 있다.

이러한 폐쇄성은 출판업계에서 종종 있는 일이다. 하야카와 SF 콘테스트의 모집요강을 인용해보겠다.

수상작 및 이어지는 작품까지의 출판권, 또한 잡지 게재권은 하야카와쇼보에 귀속되어 출판할 즈음에는 정해진 사용료가 지불됩니다.

"수상작 및 이어지는 작품까지의 출판권" "잡지게재권"을 "하야카와쇼보早川書房에 귀속"한다고 확실히 하고 있다(출판권이라

는 것은 저작권 중 하나로, 출판할 권리를 말한다. 이 권리를 막으면 출판사는 책을 출판할 수 없다).

수상 후 세 개 작품째까지는 하야카와쇼보가 아닌 다른 곳에서 쓸 수 없다고 그 의미를 한정한다. 하야카와쇼보는 수상 후 세 개 작품까지라고 해놨지만, 수상 후 3년이라든가, 회사에 따라 정해진 부분은 제각각이다.

이것은 설령 신인 작가의 소설이 적자가 날지언정 세 개 작품까지는 출판한다, 당신을 팔기 시작해서 한 사람분의 작가로 성장시키겠다, 팔리는 작가가 되고 나서는 다른 회사로 서서히 연재처를 넓히십시오, 라는 의미로, 작가에게 있어서는 나쁘지 않은 조건인 셈이다.

포르노 소설을 쓰면 빠져나오기 힘들다, 라는 것은 도시전설에 불과하다.

포르노 소설을 쓰면
그런 물이 든다?

　물이 든다는 것, 다시 말해, 사람들이 포르노 소설 작가라고 하면 색안경을 끼고 볼 거라서 포르노 소설 말고는 쓸 수 없게 된다는 의미다.

　옛날에는 포르노 소설 레이블은 폐쇄적인 독점성이 있어서 일반소설을 쓸 경우는 펜네임을 바꿨다. 나는 같은 펜네임으로, 라이트노벨도 시대소설도 쓰고 있다.

　포르노 소설과 같은 펜네임으로 라이트노벨을 쓰는 일은 드물다. 라이트노벨 쪽에 영업을 위해 전화했을 때 출판사에서

"포르노 작가는 신인상 쪽으로 제출해주세요"라는 말을 들었다.

세 개 회사에서 연속으로 그렇게 전화로 박대를 당하고, 네 번째 전화를 건 HJ 문고에서 겨우 제대로 된 전화 응대를 받아 무사히 라이트노벨 작가로 데뷔할 수 있었다.

지금은 출판사 측에 저항이 없어진 듯, 같은 펜네임으로 작품 활동을 하는 작가가 늘었다. 또 라이트노벨 작가가 같은 펜네임으로 쥬브나일 포르노를 쓰는 경우도 늘었다. 편견은 없어진 건가, 하는 생각을 하게 되었다.

하지만 색안경을 끼고 보는 사람도 역시 있다. 내가 쓴 쥬브나일 포르노의 꽃꽂이 에피소드가 잘못되었다는 메일을 받은 적이 있다. 들은 적 없는 주장이라서 비교해봤더니, 시대소설계 대가의 작품에 같은 에피소드가 있었다.

나는 꽃꽂이를 여섯 살 6월 6일부터 시작하여, 이후 40년 이상 취미로 즐겨왔다. 화명華名을 가진 사범대리이기도 하다.

그 사람에게는 꽃꽂이 가위를 잡아본 적도 없는 시대소설의 대가의 에피소드가 맞는 것이고, 사범대리인 내가 방대한 시간과 돈을 들여가며 익힌 것은 잘못되었다고 하는 것이다. 쥬브나일 포르노 작가이기 때문에 틀렸다고 하는 것이다.

내 시대소설의 아마존 리뷰에 라이트노벨 작가라서 시대고

증을 하지 않는다고 쓴 사람이 있다. 황실의 언어가 틀렸다는 것이다. 무슨 소리인가 싶어서 알아보니, 아리요시 사와코의 『가지노미야사마오토메^{和宮様御留}』였다. 40년 전 소설이다.

40년이면 언어학은 진보하고, 연구도 진척되어 있다. 그 사람이 보기엔 아리요시 사와코가 쓴 것은 모두 맞는 것이고 언어학자의 최신 학설에 기초한 내 소설은 "라이트노벨 작가니까" 틀렸다고 하는 것이다. 유명한 작가가 말했으니까 맞는 것, 포르노 소설 작가(라이트노벨 작가)니까 틀렸다고 하는 것은 편견을 넘어 차별이다.

하지만 차별의식이 강한 사람은 극히 일부다. 작가는 팔리느냐 팔리지 않느냐, 그것이 전부다.

포르노 소설에서 팔리는 작가는 독자가 기뻐할 만한 작품이 될 수 있으면 좋겠다, 하고 꾸준히 생각하는 작가다. 그 때문에 포르노 소설 작가에서 일반 소설로 옮기는 작가는 성공한다.

포르노 소설 출신 작가님들, 꽤 있을 것이다. 나오키상을 수상하여 트레이닝복 차림으로 수상 기자회견에 임했던 여성작가도, 포르노 소설 작가 출신이다.

포르노 소설을 출판하면
회사에 부업을 한다는 걸
들키지 않을까요

부업이 금지인 회사가 많을 것 같다. 부업을 해도 되는 회사라 해도 포르노 소설을 출판한다는 것을 공공연히 말하고 싶지 않을 수도 있다. 회사에 부업을 한다는 것을 들키는 것은 세금, 일본의 경우 주민세, 한국은 종합소득세를 통해서다.

— 종합소득세 신고 우편 주소를 집으로 한다.

이 정도만 신경 써도 회사에 들키지는 않는다.

우선 급여소득자의 세금에 대해서 복습해보자. 회사원이나 공무원, 파트타임이나 아르바이트 등 급여소득자는 소득세가 매월 원천징수된다.

나는 신입 시절 입사했던 회사에서 초임 급여의 급여명세서를 보고, 세금이니 고용보험이니 건강보험이니 연금보험이니 하는 것이 떼이는 것을 보고 손해를 본다고 생각했다.

원천징수는 "이 월급을 1년간 받는다면, 전월 월급을 이것만큼 받고 있으므로 상여금부터는 이것만큼 세금을 떼자"라고 대략적 액수로 세금을 징수한다.

대략적인 선이라서, 1년이 끝나고서가 아니면 연 수입을 알 수 없다. 너무 많은 세금을 제했을 경우는, 부양공제나 사회보험료 공제 등 공제해야 하는 금액을 제하여, 12월에 연말정산에서 돌려받는다. 그렇기 때문에 12월은 계좌에 들어오는 양이 조금 는다. 내가 일하던 회사는 25일에 입금되었기 때문에 크리스마스 선물을 받은 기분이었다. 그리고 입사 2년째부터, 돌려받는 금액이 줄었다. '아니, 왜 그렇지? 뭔가 잘못되지 않았나?' 하고 놀랐는데, 주민세가 제해진 거였다.

주민세는 전년도 소득을 기준으로 결정되기 때문에 2년째부터 주민세가 세금으로 떼어지는 것이다. 실은 소설 인세도, 원천징수된다. 신인의 경우 책 한 권을 출판하면 인세가 50만 엔 정도 된다. 출판사는 인세를 입금할 때, 소득세를 미리 제하고 (원천징수하고) 그 잔액을 입금한다.

하지만, 이 세금은 경비를 고려하지 않은 것이다. 한 권의 소설을 쓰기까지는 경비가 든다. 편집부와 회의하기 위해 도쿄로 가는 교통비, 숙박비. 카페에서 취재할 때 드는 커피값. 교정지를 보낼 때 드는 우편비. 요가 지도자를 소재로 한 소설을 쓰고 싶어서 요가를 배우러 가는 그 수업료. 컴퓨터를 장만했다면 그 컴퓨터 값. 레이저프린터 토너. 소설 교실에 다녔다면 그 수업료. 소설이나 게임 구입비. 가라데 여자를 덮치는 소설을 쓰고 싶어서 가라데 영화를 빌렸다면 그 대여비. 유흥업소나 룸살롱, 러브호텔을 취재했다면 그 비용도.

메이드물을 쓰기 위해, 제대로 된 서빙을 하는 카페의 티 서비스가 어떤가 보고자 호텔 레스토랑의 애프터눈 티를 마셨다면 그 비용. 아이돌 가수를 여주인공으로 한 능욕물을 쓰고 싶어서 콘서트를 갔다면, 그 티켓비도 경비가 된다(하지만 공연장에서 산 굿즈나 이벤트에 당첨되기 위한 대량 CD 구매는 경비가 되지 않는다).

주유비, 주차비, 집세(임대료), 수도나 전기세, 일에 필요한 비율을 안분한다. 안분이라는 것은 어려운 단어인데, 비중에 대하여 배정한다, 분배한다는 의미다. 휴대전화를 사용, 즉 친구나 가족에게 전화하는 부분과 업무용으로 사용하는 부분이 대개 반반이라면 절반만 안분하는 것이다.

나는 집세와 수도세, 전기세는 반액, 휴대전화비, 인터넷 요금, 고정전화 등 통신비는 70%를 경비로 나눈다(치바에 살던 때는 전화비를 절반으로 할애했지만, 나라에서 도쿄로 전화할 때는 전화비가 더 들어서 70%로 했다). 살고 있는 지역과 개인에 따라 다를 것이므로, 일과 사생활 중 어느 정도로 비중으로 두고 사용할 것인지 체크해두자.

또한, 상수도는 절반을 경비로 하고 있지만, 하수도는 일과는 관계없는 지출이라고 생각해 경비에 포함하지 않았다.

1년간 영수증을 모아두고 교통비나 사무용품비, 항목마다 합계를 내어 메모해둔다.

이 메모와 출판사에서 받은 지불 영수증, 통장과 인감, 회사에서 받은 원천징수표, 병원비가 많이 든 사람은 그 영수증과 진료서, 혹여 화재나 지진의 재해로 타격을 받았다면 이재증명을 갖고, 확정신고 접수 시기에 근처 세무서 혹은 세무 상담사를 찾아가 확정신고 한다. 어떻게 하는지는 직원이 알려줄 것이다.

확정신고라는 것은 "과거 수입액은 ××엔으로, 소득세를 ××
지불했습니다. 하지만 경비로 ××엔을 사용했으므로, 결국 번
돈은 이것만큼입니다. 그런 이유로 세금을 초과하여 내고 있기
때문에, 초과된 세금을 돌려받고 싶습니다(세금을 조금 내기 때
문에, 부족한 세금 분을 납세하겠습니다)"라고 알리는 절차다.

탈세는 금물이지만, 절세는 괜찮다. 일을 진행하느라 쓴 돈은
경비에 포함하자. 성공한 작가에게는 별개의 이야기이지만, 그
다지 책이 많이 팔리지 않는 작가의 경우, 세금을 과하게 내고
있는 경우가 많기 때문에 환급금을 받게 된다.

가족들이 내가
포르노 소설을 쓴다는 걸
몰랐으면 좋겠어요

나는 전업 작가이지만, 친척에게도 주변에도 작가라고 말하지 않는다. 내 일을 파고들까 봐. 서점에서 아르바이트를 하는 것으로 되어 있다. 케이린도 서점 나라점의 렌탈숍을 빌려서 소설 교실을 하고 있기 때문에 꼭 거짓말인 것만은 아니다.

21년간, 누구에게도 들키지 않았다.

"포르노 소설을 쓰고 있다는 걸 가족에게 들키는 건 전화와 우편"을 통해서다.

편집자에게 사정을 말하면 우편물은 회사 이름이 들어가 있지 않은 갈색 봉투로 한다거나 레이블이 아닌 모회사의 이름이 들어간 봉투를 사용한다거나 전화는 휴대전화와 문자로만 해서 집으로는 전화가 오지 않게끔 배려해준다.

하지만, 편집자도 바쁘기 때문에 봉투를 무심코 착각해 쓸 수도 있다. 작가 측도 스스로를 지켜야 한다. 우편물을 우체국에서 직접 수령하거나 우편사서함을 사용하거나 택배는 편의점 수령으로 하거나 소호 사무실과 계약하거나 할 수 있는 일은 많다.

가장 추천하는 것은 택배 사물함 이용이다. 택배가 올 때는 문자를 받을 수 있도록 설정해두어 문자가 오면 수령 장소를 자택에서 사물함으로 변경한다. 택배 배달원은 사물함에 넣어 잠근다. 잠금 해제 번호가 문자로 오기 때문에 사물함을 열어 짐을 가져간다.

포르노 소설에도
유행이 있나?

　머리스타일이나 복장에 유행이 있는 것처럼 포르노에도 유행이 있다. 포르노 소설은 두 가지 큰 장르로 나뉘는데, 경기에 따라 유행이 바뀐다.

　SM이나 강간물, 능욕 등의 하드계열은 경기가 좋을 때 유행한다. 연상이 리드해주는 소프트한 계열(치유계, 유혹계)은 경기가 나쁠 때 유행한다.

　경기가 좋아서 일이 순조로울 때는 남성 독자에게 활기가 넘치기 때문에 하드코어 계열을 읽어 활기를 해소해주고, 경기가 나빠서 일이 잘 되지 않을 때는 누나가 상냥하게 감싸주면서 가르침을 주는 유혹계를 읽어 치유받는다고 한다.

하지만 당신은 자신이 좋아하는 것을 쓰면 된다. 나는 여자를 통제하고 싶다. 하지만 현실에서 할 수 없으니까 최면을 거는 이야기를 쓰고 싶다. 그러한 충동이 있는 사람은 초능력이 생긴 남자가 여성을 차례차례 덮쳐 굴복시키는 이야기를 쓰면 된다. 지금은 정복하는 이야기는 팔리지 않기 때문에 유혹계를 쓰자는 식으로는 생각하지 않았으면 한다.

당신이 강한 충동으로 쓴 소설은 당신과 같은 기호를 가진 독자를 사로잡는다. 당신만이 쓸 수 있는 박력 있는 이야기를 쓰는 것이다.

유행은 변한다.

나는 전에 미용실에서 미용사 선생님에게 유행은 어떻게 바뀌는 건가요, 하고 물은 적이 있다. 선생님은 "시대가 변하면 경기도 바뀌고, 사람들이 좋아하는 것들도 바뀌는 거지요. 유행이란 건 시대라는 말이에요"라고 말씀하셨다.

지금은 유혹계가 잘 팔리지만, 언젠가 시대는 변한다. 당신의 시대가 올 것이다!

시중에 나와 있는 포르노 소설은
대체 왜 이리도 같은가요?

포르노 소설은 모객 비즈니스다. 많은 사람들이 사야지만, 수익을 올릴 수 있다. 편의점이나 드러그스토어, 레스토랑이나 유원지와 같다.

편의점 대각선 맞은편에 편의점이 있는 곳이란 "이렇게 편의점만 잔뜩 있어서 어쩌자는 거지? 함께 망하기라도 하는 거 아니야?" 하고 걱정이 되겠지만, 이용객이 많은 곳이기 때문에 편의점이 집중되어 있는 것이다.

이와 마찬가지로 대다수가 좋아하는 상품을 만들려고 한 나머지, 여교사물만 즐비하다거나 원숙미 넘치는 여자가 유혹하는 계열의 소설만 줄지어 나온다. 유튜버 등 보기 드문 여주인공 소설은 좀처럼 기획이 통과되지 않을 것이다. 하지만 판매는 같지 않다.

여교사물이 세 권 동시에 발매되면, 잘 팔리는 소설, 그럭저럭 팔리는 소설, 잘 팔리지 않는 소설, 이 세 패턴으로 나뉜다.

비슷비슷한 표지, 비슷비슷한 타이틀을 가진 책이 진열되어 있는데, 왜 각각 판매가 다른 것인지 이상했지만, 작가의 "이것이 좋다" "나는 이걸 쓰고 싶어" 하는 열의가 독자를 끌어당기는 것은 아닐까, 하고 나는 생각한다.

여교사물이 미치도록 좋아서 쓰는 작가의 여교사물은 잘 팔린다. 같은 취미를 가진 독자에게 어필한다.

"당신이 좋아하는 소설을 쓰는 것이 성공의 비결이다."

지금 나와 있는 소설은 왜 이다지도
재미가 없는가?

그것은 포르노 소설이 스토리가 요구하는 대로 자연스러운 흐름으로 섹스하는 것이 아닌, 야한 것이 앞서고, 야한 신을 두드러지게 하려고 스토리를 짜기 때문이다.

그 때문에 젊고 청초한 여주인공이 "혼자 자위하니, 너무 가여워"라며 남자의 성기에 맹렬하게 달려들어 중년 여성처럼 남자의 동정을 떼어준다는 식의 무리한 이야기가 된다.

"지금 나와 있는 소설이 재미없다." 그렇게 생각하는 당신은 포르노 작가로 향하고 있는 것이다.

당신에게는 이러한 소설이 좋고, 이러한 소설을 읽고 싶다, 하지만 그런 소설이 없기 때문에 자신이 쓰고 싶다는 강한 충동이 있는 것이다.

당신이 쓰고 싶은 소설을 써라. 당신과 같은 취향을 지닌 독자가 분명 있다. 관능소설 지향이었던 내가 쥬브나일 포르노를 쓴 것은 20년 정도 전, 어느 쥬브나일 포르노를 읽고 "무섭다"라고 생각한 것이 계기다.

그 소설은 세 명의 자매와 소년이 동거하는 이야기로, 소년과 두 여자는 답답한 연애를 하고 있었다.

이 소년에게는 장녀가 "혼자 자위를 하다니 너무 가여워, 내가 가르쳐줄게"라며 다가간다. 장녀는 애인이 있고, 소년에 대한 연애감정은 없다. 소설 말미에서 장녀는 애인과 결혼한다.

청초하고 사랑스러운 누나가 소년의 자위를 본 순간, 마치 인격이 바뀐 것처럼 페니스에 열중하는 것이다.

막내는 "섹스에 흥미가 있으니까 오빠가 가르쳐줘. 하지만 삽입은 안 돼. 오빠는 야한 짓을 하기 위한 상대일 뿐이야. 처음은 미래의 애인에게 줄래. 오빠보다 미래의 애인이 더 소중해"라며 다가간다.

장녀와 막내와 소년은 3P를 한다. 그런데도 당돌하게 차녀와 연애 감정이 무르익어 결혼한다. 차녀와의 섹스는 쓸 수 없다. 장녀와 막내가 결혼식에 참여하여 축복하여 해피엔딩이 된다. 이 장녀와 막내, 무섭다.

나를 사랑해주는 세 명의 자매와 러브러브 할렘 생활은 남자의 꿈일 것이다. 섹시한 누나는 매력적일 것이다. 응석을 부리는 여동생은 귀여울 것이다. 하지만, 두 여자를 사랑하면서 장녀와 막내의 유혹에 편승하여 섹스를 하는 소년은 한심하고, 장녀와 막내가 소년을 유혹하는 이유가 이차원적이다.

내가 소년이라면 바보 취급하지 말라며 화를 냈을 것이다. 어째서 이 소년은 "내가 좋아하는 사람은 ××야. 누나와는 그런 짓을 할 마음이 들지 않아. 내게도 자존심이 있다고"라고는 못 하는 것일까.

"네가 좋으니까 무엇이든지 해주고 싶어" "오빠가 좋으니까 오빠에게 처녀를 주고 싶어"라고 말하는 여자아이 쪽이 매력적이지 않을까? 사랑하고 사랑받는 차녀와의 섹스를 읽고 싶은 독자도 있는 것은 아닐까?

하지만 이 소설만 갖고 말하자면, 당시 쥬브나일 포르노에는 사랑이 없었다. 마치 연애를 써서는 안 된다는 룰이 있는 것처럼 사랑 없는 섹스뿐이었다.

순정물을 읽고 싶은 남성 독자도 있을 터라고 나는 생각했다. 나는 당시, 에로게임(컴퓨터로 동작하는 19금 게임)의 시나리오를 쓰고 있었고, 에로게임에서 순정물이 팔리는 것을 알고 있었다.

거기서 나는 소년과 소녀가 만나 연애를 하고 섹스를 하는 이야기를 쓰고 싶지만, 처음으로 제안이 들어온 N노벨에서는 "당신은 여자이니까 남성이 좋아하는 게 뭔지 모르잖아요. 여자가 쓴 달달한 소녀만화 같은 소설이 팔릴 리가 없지만, 좋은 일러스트를 넣어 적자가 나지 않도록 출판하겠습니다"라는 말을 들었고, "그렇게 하겠습니다"라고 했다.

2년 반 방치되어, 문의할 때마다 그쪽에서는 큰소리로 고함을 질렀다.

N노벨은 폐간되었다. 손익분기점을 넘긴 책은 거의 없다고 할 정도로 대적자가 되었다고 한다. 담당자는 퇴직했다. 회사에 큰 손해를 안긴 편집자는 회사에 있을 수 없다. 이것은 출판사도 일반기업도 마찬가지다. 나는 붙잡고 있던 소설을 프랑스서원에 투고했다. 결과는 의외로 대상 수상이었다. 믿을 수 없는 일이었다.

당시 편집장은 "아직 누구도 쓰지 않은 이야기네. 이거 팔리겠어"라고 말해주었다. 편집장의 예언대로 내 소설은 잘 팔렸다.

나의 『My 여동생^{My姊}』은 미소녀문고 역대 1위의 판매를 기록했고, 지금도 그 기록은 여전하다. 나는 미소녀문고에서 더욱더 많은 증쇄를 찍는 작가가 되었다.

쥬브나일 포르노에 순애를 끌고 들어온 것은 내가 처음이었다. 내 성공으로 "모에와 야성"을 테마로 했던 미소녀문고는 "LOVE 선언"으로 바뀌었다.

포르노의 유행을 바꾸어, 다음 세대의 에이스가 되는 것은 지금 나와 있는 소설에 만족하지 못하는 당신일지도 모른다.

3장

포르노 소설은
이 균형감을
지켜야 한다

프랑스서원에 투고하고 싶다,

여성향 소설로 데뷔하고 싶다는 분의 소설을 읽었는데,

에로 신은 쓰여 있긴 하지만

포르노 소설과는 달라져 있는 경우가 있다.

초심자가 빠지기 쉬운 실패에 대해 정리했다.

에로 신밖에
없다

첨삭을 부탁받은 소설 안에 야한 장면밖에 없는 소설이 있었다. 에로가 90%, 일상 파트가 10%의 비중이다. 야한 거밖에 없었던 것이다. 페이지를 넘겨도 넘겨도 에로에로에로에로. 시원시원할 정도로 에로 신투성이였다. 거기다 여주인공이 전부 여대생. 아아, 에로 신이 쓰고 싶다, 여대생이 좋다, 쓰고 있으니 즐겁다, 라는 게 드러나는 열의 있는 원고였다.

나는 에로 신을 극찬하는 한편으로, 여주인공의 매력을 좀 더 써서 주인공의 캐릭터 설정을 더 치밀하게 하고, 여주인공이 주인공과 섹스하는 이유를 독자에게 납득시켜달라고 부탁했다.

포르노 소설이 재미있게 읽히는 부분은 서비스 신이다. 에로 신이 가득한 점은 굉장하다. 하지만, 에로 신만 있는 건 안 된다. 지금은 "에로만 쓰여 있다고 어떻게 되도 좋은 시절이 아니다."

청초한 누나가 소년의 자위를 본 순간 갑자기 인격이 바뀌어 "혼자 자위라니, 가여워"라며 페니스에 몰두해버리는 소설이 상업 출판되던 시대는 20년 전에 끝났다.

쥬브나일 포르노에서는 헤픈 여주인공(몸가짐이 헤퍼서 아무나와 섹스하는 여자)가 인기이지만, 만약 헤픈 여자라 해도, 그녀가 주인공과 섹스하는 이유가 필요하다.

"혼자 자위라니, 가여워. 그런 큰 물건을 갖고 있는 게 아깝잖아. 내가 가르쳐줄게."

"애인과 헤어져서 외로워. 혼자 할 거면, 나와 섹스해주지 않을래?"

"자위라니, 나쁜 아이네. 내가 괴롭혀주겠어. 자, 다리를 핥아보렴."

"애인이 상대해주지 않아서 욕구불만이야."

"생리 전이라 발정난 거 같아."

"너의 그것이 검게 빛나고 있어서 매력적이야. 내 아래쪽이 움찔거려."

　독자 분들은 자신들의 상상 속에서 '웬 떡이냐.' 하고 생각하고 싶어 한다. 그러나 이 뜻밖의 행운은 당돌하게 일어나서는 안 된다. 이 떡이 갑자기 떨어지려면, 식탁에 놓여 있던 떡이 지진 같은 게 일어나 집을 흔들어 바닥으로 떨어진다거나, 어딘가에 불안정하게 놓여 있었다거나 고양이가 툭 하고 건드려 떨어졌다든지 하는 뭐라도 이유가 있을 터다. 아무것도 없는데 떡이 갑자기 생길 리는 없는 것이다.

　여주인공은 매력적으로 쓰자. 이러한 매력적인 여자와 섹스하고 싶다, 하고 독자가 생각해야 한다. 그 여주인공이 어떤 여자인지 확실히 캐릭터를 설정하지 않으면 여주인공이 매력적으로 보이지 않는다.

　그리고 마지막으로 향하며 분위기가 무르익도록 스토리를 짜임새 있게 만들 필요가 있다.

　에로와 일상 파트의 비중은 6 대 4로 충분하다.

에로 신이
없다

스토리는 확실히 쓰여 있는데, 서비스 신이 두 번 정도밖에 없는 작품이 있다. 에로와 일상 파트의 비중이 1 대 9인 소설이다. 이것은 쥬브나일 포르노에 투고하려는 분에게 많이 나타난다.

쥬브나일 포르노는 젊은 남성(20~30대)을 타깃으로 쓰이기 때문에, 라이트노벨이나 애니메이션이나 만화의 영향을 강하게 받는다. 이야기는 라이트노벨처럼 파란만장하게 구성을 잘 짰고, 에로 신으로 흘러드는 속도감도 자연스러웠다. 하지만, 야한 라이트노벨이지, 쥬브나일 포르노는 아니다.

나는 이러한 소설을 쓰는 분에게 라이트노벨에 투고하자고 권하곤 한다. 요즘엔 라이트노벨 중에도 에로 신이 있는 경우도 있다. 야한 라이트노벨과 쥬브나일 포르노는 쓰는 방식이 다르다.

쥬브나일 포르노는 에로 신을 두드러지게 하기 위해서 스토리를 만든다. 에로를 위해서 스토리가 있는 것이다.

능욕계로 비참하게
만들어버린다

여성들을 향한 흔한 착각들이 있다.

여성은 소프트계열보다 하드계, 연상이 가르쳐주는 유혹계보다, 아름다운 여주인공이 괴롭힘을 당하는 조교물을 쓰고 싶어 한다는 것. 여성이 포르노를 쓰는 계기는 동성을 향한 복수, 그것도 그 무엇의 얽매임도 없이 행복한 여자를 향한 분노에 따른 경우가 많기 때문일 것이다.

남성은, 여성이 사랑하기 때문에 포르노를 쓰는 사람이 많은 것이라 생각할 수 있다. 그 때문에 남성작가가 쓰는 능욕계보다도 여성작가가 쓰는 편이 하드해지는 경향이 있다. AV에서도 남성조교사가 괴롭히는 SM물보다, 여왕님이 괴롭히는 SM물 쪽이 과격해진다. 이도 마찬가지다.

하드한 성 묘사는 포르노 소설의 꽃이다. 독자를 끌어당기는 매력이기도 하다. 여성작가가 쓰는 인정사정 없는 SM 소설이 좋다는 독자도 있었다. 하지만, 여성인 작가 지망생은 주로 과도하게 해버리는 경향이 있다. 남성작가라면 쓰지 않을 부분까지 써버린다. 아플 것 같은 묘사가 이어져, 기분이 좋아 보이지 않는다. 가도 너무 간 하드한 묘사는 비참할 뿐으로 욕구가 해소되지 않는 소설이 되어버린다. 남성독자가 읽고 싶은 것은 여주인공이 너덜너덜해지는 이야기가 아니라 청초한 여주인공이 야하게 흐트러진 모습이며, 일이 술술 잘 풀려서 이렇게 좋은 경험을 할 일이 생겼다며 만족감을 얻는 것이다.

동성을 향한 복수로 포르노 소설을 쓰는 사람은 과하게 쓰지 않도록 주의해야겠다.

여담이지만, 여성이 쓰는 유혹물은 팔린다고 한다. 여성이 유혹물을 쓸 때, 독자를 즐겁게 해주고 싶다는 생각으로 쓰기 때문이라고 생각한다. 동성을 향한 복수심으로 능욕을 쓰는 여성은 자신의 즐거움(복수심)을 우선해버려, 독자를 향한 생각이 누락

되어버리기 때문은 아닐까 생각한다. 독자를 즐겁게 하자는 의식이 없으면 데뷔는 가능해도 판매는 한계에 부딪힐 것이다.

복수보다도 사랑이, 독자를 끌어당긴다고 생각한다.

우울하고 궁상맞고 슬프고 가혹한
이야기는 여성향 소설이 아니다

　여성향 소설을 쓰고 싶은 사람 중에 우울하거나 가난하거나 궁상맞거나 괴롭거나 슬픈 이야기를 쓰고 싶어 하는 사람이 있다. 동성이 싫어서, 소설로 여성에게 복수하고 싶다고 생각하는 사람이 그러한 소설을 쓰는 듯하다.

　부녀자계는 중세 유럽의 귀족사회와 사막 국가의 왕궁에서 왕자님이나 기사에게 영애가 사랑받아, 돈도 명예도 미래도 모두 누군가가 줌으로써 거머쥔다는 이야기다. 파트타임 일이나 육아에 지친 주부가 휴식시간에 현실을 잊고 즐기는 소설이다.

페트병 차와 편의점 도시락으로 검소한 데이트를 하는 이야기는 여성향 소설이 아니다. 여주인공이 성적으로 괴롭힘당하는 신이 숨 가쁘게 이어져 괴로워하는 묘사가 이어지는 이야기는 여성향이라고 할 수 없다. 계모에게 괴롭힘당하는 신투성이인 신데렐라는 여성향 소설이 아닌 것이다. 독자가 읽고 싶은 것은 신데렐라가 왕자님과 결혼하고 나서 해피한 생활이다.

지금 시대 배경이라면 히스토리컬(역사로망스)뿐만 아니라 현대물도 있는데, 주인공은 CEO나 회사의 대표 등 스펙 좋은 남성으로 하자. 주부나 직장인 여성의 꿈의 세계이기 때문에 다카라즈카나 디즈니 애니메이션처럼 고져스하고 반짝반짝한 무대를 만들어주자. 주인공은 어디까지나 멋있고, 늠름하고, 여주인공만을 사랑해주는 사람으로.

나는 이런 소설의 핵심은 여주인공이 주인공에게 사랑받는 행복감이라고 생각한다. 에로 신은 만족스러운 기분이 되게 하는 양념인 것은 아닐까? 이쪽 독자는 30대부터 50대의 주부나 직장인 여성이다. 버블시대를 체험한 세대도 많다. 패밀리 레스토랑의 드링크가 아니라, 왕궁의 애프터눈 티를, 공원에서의 조깅보다도 호화여객선의 스포츠클럽을, 고속버스보다 비행기의 퍼스트클래스를, 큐빅 박힌 반지보다도 다이어몬드가 박힌 목걸이를, 호화롭고 반짝이는 세계를 전개해주자.

왕자님에게 맹목적으로 사랑받는 행복을 소설에서 자아내어 가사 일에, 직장 일에 열심히 살고 있는 독자들을 즐겁게 해주자.

여성향 소설인데
묘사가 부족하다

　여성향 소설에서 왕자나 왕궁이 등장함에도 불구하고, 호화로운 이미지 없이 어딘지 빈한 느낌이 든다. 게다가 여주인공과 주인공이 무엇을 생각하고 있는지도 모르겠으니 독자가 감정이입을 할 수가 없다. 초심자가 쓰는 소설에 흔히 있는 실패다. 그것은 묘사가 부족한 탓이다. 묘사라는 것은 물건의 형태나 상황, 마음으로 느끼는 것 등을 문자로 그려내는 일을 말한다. 묘사에는 세 종류가 있다.

— 정경묘사(풍경의 정보).

— 심리묘사(등장인물의 기분).

— 외양묘사(등장인물이 어떤 모습을 하고 있는가).

영화라면, 스태프가 준비한 세트 앞에서, 스타일리스트가 준비한 복장을 입은 배우가 감정을 담아 연기한다. 긴박한 신에서는 두근거림을 고조시키도록 불길한 음악을 깐다.

만화라면, 베테랑 어시스턴트가 배경을 그리고, 만화가가 등장인물을 그리고, 충격적인 신에서는 "쿵-" 하는 문자를 입히고, 놀라는 신에서는 안경이 파직 하고 갈라진다.

소설은 문자뿐이다. 시각정보도, 음성정보도 없다. 스태프가 준비한 세트, 혹은 어시스턴트가 그린 배경 그림, 등장인물의 복장이나 얼굴형, 배우가 연기하는 놀람, 슬픔 같은 감정을 문장으로 묘사한다. 인터넷에서 소설을 쓰는 사람이나 초심자는 묘사를 별로 하지 않지만, 묘사를 하지 않으면 연유를 알 수 없는 이야기가 되어버린다.

특히 여성향 소설은 여주인공의 심리를 정중하게 쓸 필요가 있다. 독자는 여주인공이 되어 소설의 세계를 즐기기 때문이다. 여주인공의 망설임, 연애의 두근거림, 왕자님에게 안기는 기쁨을 친절히 쓰자. 또 여성향 소설은 호화로운 세계관을 즐기는 이야기이기 때문에 드레스의 레이스 벨벳의 매끄러운 감촉, 보석의 반들반들한 차가움, 왕궁의 샹들리에의 반짝임, 무도회의 댄스로 드레스의 옷자락이 펄럭이는 모양새, 라즈베리 타르트의 달콤함, 시녀가 따라주는 홍차의 맛, 향수의 방향 등을 묘사하면 좋겠다.

집안 일로, 직장 일로 지쳐 있는 독자를 호화로운 세계로 초대해보자. 묘사에 대해서는 나중에 다시 설명하겠다.

에로 신이
에로하지 않다

    에로 신은 포르노 소설에서 가장 분위기가 고조되는 부분으로, 가장 재밌게 읽히는 부분이다. 하지만, 그 서비스 신이 야하지 않은 작품이 있다. 에로 신은 쓰여 있는데, 어딘지 사무적이고 야하지 않다. 나는 처음에 이유를 알 수 없었다. 분석한 결과 다음 중 하나, 혹은 전부에 해당하는 것이라는 데에 생각이 미쳤다.

— 시각, 청각, 촉각, 후각, 미각을 쓰지 않았다.

— 여자의 성기를 구체적으로 쓰지 않았다.

— 캐릭터가 비정상적이다(여주인공의 행동이 당돌하다. 주인공에 공감되지 않는다).

포르노 소설은 관능소설이라고 말하기도 한다. 관능, 즉 오감에 호소하는 소설이다. 후각, 시각, 청각, 촉각, 미각이 쓰여 있지 않으면 사무적인 에로 신이 되어버린다.

젊은 여성의 새큼한 땀 냄새, 뾰족하게 솟아오른 핑크색 유두, 침대가 삐걱삐걱 울리는 소리, 사람 피부의 따뜻함, 미끌미끌해진 질 입구의 감촉, 오렌지 맛의 첫키스, 애액에서 나는 약간의 시큼한 맛을 쓰자.

오감을 쓰지 않는 경우는 여성에게 많다. 여성이 야한 망상을 할 때 나를 안아주는 남성의 탄탄한 팔, 듬직한 앞가슴을 떠올려도 살짝 고조된 순백의 유방을 떠올리지는 않는다.

여성향 소설은 생생함이 없는 편이 좋지만, 남성향 소설을 쓴다면 오감에 호소하는 문장을 구사하지 않으면 서비스 신이 무미건조해지고 만다.

성기를 묘사하지 않는 사람이 많다. 특히 여성 작가지망생은 전혀 쓰지 않는다. 내가 읽은 것에서는 한 사람도 쓰지 않았다.

하지만, 남성독자가 읽고 싶은 것은 성기의 묘사다. 제대로 된 묘사 말이다.

캐릭터가 엇나가버리면 여주인공이 무엇을 생각하고 있는지 모르게 되어 매력적으로 보이지 않는다. 남성독자는 여주인공이 청초하고 정숙하지만, 음란하기를 바란다.

여주인공은 누구와도 자는 여자가 아니라, 자신이 독점하고 싶다는 생각을 하는 것이다. 청초한 창녀가 남성독자의 이상적인 여주인공 상이지만, 청초하고 음란하다는 이 상반된 요소를 만족시키기 위해서는 캐릭터 설정을 제대로 해두지 않으면 안 된다.

포르노 소설은 일반소설 이상으로 캐릭터 설정이 중요한 장르다. 소녀계는 여성독자가 공감할 수 있는 귀여운 여자를 주인공으로 하자. 독자는 소설을 읽을 때 주인공이 되어 몰입한다. 주인공이 쿨하거나, 나쁜 남자이거나 교활한 타입이라면 독자와 주인공 사이에 거리가 생겨버린다. 에로 신이 다른 사람 일처럼 되어버려 야함 지수가 떨어진다.

쥬브나일 포르노에서는 예전에는 주인공을 평범한 보통의 인물로 하자고 했었다. 독자가 감정이입하기 쉽도록 말이다. 지금은 주인공을 멋있게 써달라는 제안을 받는다. 지금은 그 편이 독자가 감정이입하기가 쉽기 때문이다.

지금의 라이트노벨에서는 '사기캐릭터'라 할 만한 주인공이 유행이다. 현명하고, 얼굴도 잘생겼고, 불가사의한 힘을 지닌 주인공이 독보적으로 뛰어난 이야기가 선호되기 때문에 그런 흐름이 되었다고 생각한다. 불경기가 계속되어 하다못해 소설 속 정도는 강한 주인공에 자신을 겹쳐보고 싶기 때문일 것이다.

매력적인 주인공상이라는 것은 시대에 따라 변한다. 하지만 아무리 시대가 변한다 해도 행동에 일관성이 있고, 읽으면 납득이 되는 등장인물은 매력적이다.

포르노 소설은 에로를 정점으로 하기 위해 무리 있는 스토리가 되는 경우가 있다. 그렇지만, 캐릭터 설정은 제대로 해두었으면 한다. 인간이 쓰여 있느냐 아니냐가 중요하다고 생각한다.

(에로로 연결되지 않는)
심리묘사를
너무 쓰고 있다

20년 정도 전의 일이다. 어느 포르노 레이블의 원고 모집에 응모했을 때, "읽지 않았지만, 채택되지 않았습니다"라는 말을 들었다. 납득이 되지 않아 끈질기게 물고 늘어졌더니 "여자가 쓴 소설은 팔리지 않아. 우리 쪽에서 출판하고 싶어 하는 아마추어는 얼마든지 있어. 당신은 그 몇천 명 중에 하나라고. 전화까지 하다니 난리군" 하며 내게 화를 냈다. 그 탓에 나는 신인상을 목표로 방향을 틀었다. 덕분에 나는 프랑스서원, 겐토샤, 다카라지마에서 수상했다.

읽지는 않았지만, 채택되지 않았다니 해도 너무하네, 여성이라는 것은 바꿀 수 없는데 말이야, 하고 생각했지만, 포르노 작가가 되고 싶은 여성분의 인터넷 첨삭을 하는 중에 그 이유를 겨우 알 수 있었다.

나를 포함하여 필력이 좋은 여성은 많은데, 여성은 여주인공의 심리묘사를 상세하게, 상세해도 너무 상세하게 쓴다. 여성향 소설이라면 좋았겠지만, 그 심리묘사가 남성독자를 불쾌하게 만드는 방향으로 쓰는 경우 그것은 포르노 소설이 아니게 된다.

여성은 조교물 등 하드한 분야를 선호하여 쓰고 싶어 한다. 앞서 말한 바 있지만, 여성이 주인공을 쓸 때의 동기가 동성을 향한 복수심일 경우가 많기 때문이다. 조교되어 분해하거나 아파하는 여주인공의 심리묘사가 숨 막히게 계속되면 남성독자는 괴롭다.

하드한 섹스 묘사가 쓰여 있어도, 그것은 포르노 소설이 아닌 것이다. 또 여성은 유혹물을 쓸 때, 유혹하는 이유가 여성끼리의 라이벌 의식이나 질투라서 남성독자에게는 상쾌함을 주지 못한다.

"너를 좋아하니까, 무슨 일이든 다 해줄게"라는 심리묘사는 제대로 했으면 하는데, "분하다" "밉다" 심리묘사가 숨 막히게 계속되면 야함이 없어진다.

남성독자가 읽고 싶은 것은 여자의 질투가 아니라 여자의 매력이다.

"남편이 바람을 피워서 분해. 나도 보란 듯이 소년을 유혹해주지. 으으 분해. 죽여버리고 싶어."

순수문학이라면 OK일지도 모르지만, 남성독자가 이 여주인공으로 욕구를 해소할 수 있을까? 나는 시들해질 거라 생각한다.

"자위를 하는 건 가여우니까 가르쳐줄게. 아아 이 얼마나 사랑스러운지. 남자의 이 물건. 먹어버리고 싶어."

이 정도의 가벼운 이유로 섹스해주는 편이 남성독자에게는 더 매력적이다. 포르노 소설은 남자의 판타지다. 남성독자는, 이런 아름다운 여자와 하다니 이게 웬 떡이냐, 하는 설레는 느낌을 제공하는 오락이다.

여자의 질투나 보란 듯이 해주겠다는 이유나 복수는 무겁게보다는, 밝고 즐겁게, 가볍게 읽을 수 있기에 활기를 얻을 수 있는 "읽는 에너지 드링크"여야 한다.

야한 기분을 즐기면서 포르노 소설을 읽고, 페이지를 덮으면 동시에 내용을 잊어버리고, 역 쓰레기통에 휙 버려서, 산뜻한 기분으로 활기차게 직장으로 향한다. 포르노 소설은 그런 풍으로 즐기는 것이어야 한다고 생각한다.

4장

포르노 소설을
쓸 때
주의할 것들

포르노 소설에는
"써서는 안 되는 것"이 있다

포르노 소설은 상품이고, 실용서다. 문예도 아니고, 문학도 아니다. 많은 독자가 사주어야만 하는 장르다. 그 때문에 팔리는 소설을 쓸 필요가 있다. 독자 여러분의 환영을 받지 못하는 내용은, 출판사도 환영받지 못한다.

또한 포르노 소설이라는 성격상, 법률의 요구에서 이것은 써서는 안 된다, 하는 요소가 있다.

무엇보다도 이 터부, 레이블마다 다르기 때문에 반드시 이렇다라고는 말할 수 없고, 시대와 함께 변하기도 한다.

주의하는 편이 좋은 여주인공, 그 이유에 대해 설명하고, 그 래도 이 여주인공으로 쓰고 싶을 때는 어떻게 하면 좋을지 설명하겠다.

로리타

(NG지수 강)

로리타 소설은 예전에는 허용했지만, 요즘에는 터부시하는 레이블이 많다. 이유는 두 가지다.

— 법률(개정아동포르노금지법)

— 독자가 실제로 아버지이거나 할아버지이기 때문에

2014년에 개정아동포르노금지법이 성립된 이래, 로리타 소설을 내부 규제하는 레이블이 늘고 있다. 2017년 만화가의 검찰송치로 내부 규제는 더욱 엄격해질 거라고 예상된다. 만화가의 검찰송치라는 것은 《점프》의 만화가가 여자 아이의 아동 포르노 영상을 소지했다고 해서 아동매춘·포르노금지법위반(단순소지) 혐의로 경시청에 검찰송치된 사건을 말한다.

어른용 포르노 소설문고는 독자가 40대부터 70대 남성으로 현재 아버지나 할아버지다.

바로 여자아이를 키우고 있는 한창 때의 남성은 어린이를 성적 대상으로 보는 소설은 거북하게 보는 감정이 더 크다. 흥분할 수 없다는 것이다.

그렇지만 로리타물을 쓰고 싶다면 어떻게 해야 할까?

어떻게 해도 로리타물이 쓰고 싶다는 강한 충동이 있다면 쥬브나일 포르노로 로리바바 캐릭터를 써보자. 겉으로 보기에는 어린 소녀이지만, 실제 나이는 훨씬 많은 캐릭터나, 젊지만 연륜이 묻어나는 말투를 쓰는 캐릭터를 말한다.

엘프 여인이나 마법공주로 하여 보기에는 13세 같지만, 실제 연령은 200살로 하는 것이다. 겉모습은 13세이지만, 마법소녀라서 성장하지 않기 때문에 실제 연령은 20대의 누나로 하는 것도 좋다.

여자교생으로 하는 방법도 있다. 여자교생은, 즉 전문학교 등으로 중학이나 고교가 아니라 빠져나가기가 좋다.

창녀
(NG지수 강)

창녀인 여주인공은 NG다.

매춘집도 NG다. 시대관능소설의 요시하라 등 유곽물, 오오쿠 _{쇼군들의 처첩이나 시녀들이 머물던 장소}도 NG다. 이유는 단순히 팔리지 않아서다. 시판되고 있는 소설 중에는 창녀 여주인공도 있는데, 창녀라고 하는 건 돈을 내면 할 수 있는 존재이고, 남성 독자에게 있어서는 감격이 없는 존재다.

또한 쥬브나일 포르노 독자에게는 처녀성을 신앙처럼 받드는 사람들이 있어서 불특정 다수의 남성과 섹스하는 여성을 혐

오하는 경향이 있다. 하지만, 그럼에도 창녀를 여주인공으로 하고 싶다는 강한 충동이 들면, 어떻게 해야 할까?

당신은 왜 창녀를 여주인공으로 쓰고 싶은 것인가?

패션헬스방^{표면상 헬스클럽이나 여성이 독방에서 남성에게 성적 서비스를 하는 곳}의 청초하고 밝은 누나가 애인 기분으로 펠라티오를 해준다. 훈훈한 느낌의 아름다운 누나가 애인이 되어주는 기쁨과, 자신이 움직이지 않아도 누님이 전부 알아서 다 해주는 좋은 기분은 아닌가? 왕자님이 된 기분이 될 수 있으니까 그런 것 아닐까?

그렇다면 청초하고 밝고, 가까워지기 쉬운 웃는 모습이 아름다운 누나가 "너를 좋아해. 내가 가르쳐줄게. 너는 아무것도 안 해도 돼. 내가 전부 해줄 테니까. 나는 실은 처녀이지만, 열심히 해볼게. 너에게 이렇게 해주고 싶어서, 야한 책을 읽고 미리 연습했어. 이런 나이가 되어서까지 처녀인 게 부끄럽지만, 좋아하는 사람에게 처녀를 주고 싶어서, 지켜왔어. 내 몸으로 기분 좋아졌으면 좋겠어. 서툴러서 미안" 하며 시중을 들어주는 이야기는 아닌가?

그런 일은 있을 수 없다는 반론이 들어올 것이다. 그렇다. 일어날 리 없을 정도의 멋있는 꿈을 소설로 만들어 독자에게 전해주는 것이 포르노 작가의 업인 것이다.

여성 경찰관, 여성 군인
(NG지수 강)

여성 경찰관이나 여성군인은 멋있다. 여경의 감색 제복이 절제되고 금욕적인 느낌을 준다. 스타일 좋고, 각 잡힌 느낌이다. 군인의 위장복은 멋있다. 어깨에서 떨어지는 견장 붙은 정복도 아름답다.

팽팽한 등 근육, 강한 인상을 풍기는 눈동자, 긴장감 느껴지는 두 개의 팔, 복근이 드러나는 배. 거기에 모자. 동경이 인다.

조교물과 정복물을 쓴다면, 강한 여성을 굴복시키는 이야기를 쓰고 싶은 법이다. 하지만 여성경찰관은 NG다. 포르노 소설

은 실은 몇 번인가 단속된 적이 있기 때문이다. 채털리 사건[1951]

년 일본에서 D.H.로렌스의 소설 『채털리 부인의 연인』이 번역되었는데, 노골적인 성행위 묘사가 담긴 탓에

이와 관련된 번역가와 출간을 한 출판사가 음란물유포죄로 기소되었고, 결국 패소했다, '악덕의 번

영' 사건[1959년] 번역 출간된 사드의 '악덕의 번영'이 음란문서로 기소되어 유죄 판결을 받은 사건,

'다다미방 후스마 아래쪽' 사건[1972년, 나가이 가후가] 『다다미방 후스마 아래쪽』이라

는, 성적 묘사가 있는 문학작품을 잡지에 게재하여 음란문서 판매죄로 기소된 형사사건 등이다.

형사사건이 되어 재판받는다는 말을 들으면 가슴이 쿵 하고 내려앉지만, 이러한 사건은 몇십 년도 더 된 옛날이야기다.

선정적인 영상이 넘쳐나는 요즘은 소설이 검열되는 일은 거의 없지만, 출판사는 여론을 자극하고 싶지 않을 거라 생각한다. 그 때문에 여성 경찰관은 NG다.

하지만, 여성 경호원이나, 여성 선수는 괜찮다. 여경의 제복이 멋있기 때문에 쓰고 싶다는 생각이라면 여성 경호원으로 하면 되고, 강한 여성이 취향이라면 여성 격투가로 하면 될 일이다.

헤픈 여주인공

(NG지수 중)

'걸레'라 하면 엉덩이가 가볍다는 의미다. 아무나와 자는 여주인공을 말한다. 에로만화와 쥬브나일 포르노에서는 이런 여주인공이 인기이지만, 어른을 대상으로 한 포르노 소설에서는 NG다. 쉽게 야한 무드로 넘어갈 수 있는 여자는 애써 얻었다는 감사한 기분이 들지 않기 때문이다. 당신은 왜 헤픈 여주인공을 쓰고 싶은 것인가?

여주인공의 비위를 맞추지 않아도 섹스를 할 수 있고, 뒤탈이 없기 때문이겠다. 청초한 걸레가 이상인 것이다.

최면술로 여주인공이 전원 나에게 정신을 빼앗긴다거나 허리가 아프니까 마사지를 받으러 갔더니 특수한 페로몬이 나오게 되어서 여자가 전부 발정 상태가 된다거나 이사장이 바뀌어서 처녀가 진급할 수 없는 교칙이 생긴다거나 여주인공과 뒤탈이 없는 섹스를 할 수 있는 설정을 만들지 않는지?

일어날 리 없는 일이다. 그 일어날 리 없는 꿈을 자아내어 독자에게 만족을 주는 것이 포르노 작가의 솜씨인 것이다.

헤픈 여주인공을 쓸 경우라 해도, 그녀가 주인공과 섹스하는 이유를 써서 독자를 납득시키기 바란다.

코스플레이어, 유튜버,
여자 같은 남자, 농구부 매니저 등
마이너한 소재(NG지수 중)

　상업은 많은 남성독자가 "이런 여주인공과 섹스하고 싶다"라
고 생각하는 소설이 아니면 팔리지 않는다.

　나는 코스플레이어는 예쁘다고 생각하지만, 기획에 고 사인
은 떨어지지 않았다. 마이너한 여주인공은 좀처럼 OK가 나지
않는다. 비슷한 경우로, 여자 같은 남자, 다시 말해 여장소년을
주인공으로 한 소설도 통과되기 힘들다. 보모가 되고 싶은 소년
이 여장을 하고, 여학교에 유아교육과에 다니며, 여자들에게 인
기를 모으는 이야기를 썼더니 3쇄를 찍었지만, 역시 너무 마이

너해서 그 이후 출판되지 않았다.

포르노 소설은 모객 비즈니스다. 많은 사람이 멋있다고 생각하는 여주인공을 써야 한다.

장례식 등 죽음을
연상시키는 이야기

(NG지수 중)

　미망인 능욕물은 장례식으로 시작하는 이야기도 있는데, 유혹물에서 장례식 신은 NG라고들 한다.

　사망은 섹스와 상반되는 것으로, 이야기가 어두워지기 때문에 판매가 그다지 좋지 않다는 이유에서다. 할머니의 장례식에서 재회한 친척 누나와의 러브러브 섹스를 쓰고 싶다면, 명절에 귀향을 한다거나, 친척들이 모일 만한 기념일, 축제 등을 이용해도 괜찮다.

　나는 쥬브나일 포르노에서 사신 여주인공을 쓴 적이 있는데,

판매는 썩 좋지 않았다. 유혹물은 밝고 즐거운 이야기로 읽고
싶은 법이다.

남의 아내

　다른 사람의 아내는 NG라는 말을 들었을 때 놀랐다. 새 신부
는 주변에 흔히 있고, 다른 소재보다 낮은 자극으로 섹스가 가
능한 존재이니까 배덕감이 없고, 섹스를 하게 되는 감격이 없으
니 포르노 소설에는 없다고 한다. 나는 이것이 의문이었다.

　"○○는 내 아내"(○○에는 애니메이션 여주인공의 이름이 들어간
다)라는 말이 있다. 예전과 다르게 지금은 미혼율이 높아졌다.
새 신부는 20대, 30대 남성독자에게 동경의 존재일 터. 어른 대
상의 포르노 소설의 룰을 쥬브나일 포르노에 적용시키는 것은

이상하지 않을까?

그래서 담당자와 이야기를 나누고, 결혼한 여성을 소재로 한 '임신엔드'를 썼더니 잘 팔려서 증쇄를 했고, 결국 3쇄를 찍었다. 증쇄라고 하는 것은 앞서 말했듯, 판매 경향이 좋아서 재고가 적어지고, 아직 더 팔 수 있다는 출판사의 판단에 따라 책을 더 찍어내는 일이다.

쥬브나일 포르노 독자는 결혼한 여성을 소재로 한 소설을 읽고 싶었던 것이다. 현재 쥬브나일 포르노에서는 결혼한 여성을 다룬 임신엔드가 많다.

프랑스서원에서 결혼한 여성과 임신엔드를 쓴 사람은 내가 처음이었다. 하지만 지금이라도 어른용 포르노 소설에서는 이 소재가 그다지 많이 등장하지 않는다.

레이싱걸, 라운드걸,
그라비아 아이돌, 치어리더 등
섹시계열 여자(NG지수 약)

라운드걸은 복싱과 종합격투기 시합에서 다음 라운드 수를 쓴 판넬을 들어 관객에게 보여주는 여성을 말한다. 레이싱걸과 라운드걸이 NG라는 말을 들었을 때는 놀랐다. 스타일도 좋고, 아름다운 여자인데 좋지 않은 걸까?

포르노 소설은 높은 산의 꽃을 공략하는 이야기다. 라운드걸은 틀림없이 높은 산의 꽃이다. 일의 일부로 수영복을 입고 사람들 앞에 서는 여자는 은근함이 없어 남성 독자에게 선호되지 않는다고 편집자가 말했다.

납득할 수 없었던 나는 담당자와 이야기를 나누고는 그라비아 아이돌과 치어리더로 이야기를 썼으나 그라비아 아이돌은 증쇄가 걸린 반면 치어리더는 초판으로 그쳤다.

치어리더는 의상도 예쁘고, 건강하고 밝은 이미지가 있고, 귀여운 여자에게 응원받는 것이니까 인기가 있을 것이라고 생각한 내 의도가 빗나갔다.

하지만 쓰기 나름이라는 생각에 다시 도전해보았다.

NG 안에 오히려
성공의 열쇠가 있다

포르노 소설이란 이다지도 제약이 많은 것인가? 이런 생각에 놀란 분도 많을 것이다. 실은 내가 그랬다.

처음에는 기획이 통과되지 않아 괴로워했다. 무엇을 쓸 수 있단 말인가? 이런 생각에. 나는 규칙 안에 오히려 열쇠가 있다고 생각했다.

몇십 년도 더 전, 채털리 부인 사건, 악덕의 번영 사건, 다다미방 후스마 아래쪽 사건 등에서 소설을 검열당한 선배작가들은 문장표현을 연구했다.

유이치는 밀액을 드리운 꽃술에 강직한 물건을 바짝 갖다 대었다. 허리에 재빠르게 힘을 주어 깊이 파고드니, 빡빡히 겹쳐진 주름이 마치 스스로 길을 여는 듯이 유이치의 남근을 받아들였다.

"아아, 들어오고 있어. 유이치의 것이… 너무 커… 아아. 이렇게 기분이 좋다니… ."

루미코의 부푼 가슴이 파르르 떨려온다. 유부녀만이 갖고 있는 풍만한 육체다.

― 뜨겁다. 여자의 몸 안이라는 게, 이다지도 뜨겁고 부드러운 것이었던가.

움찔움찔거리는 그녀의 달콤한 입구를 귀두의 끝으로 헤쳐나가며 들어갔다. 쿡 하며 가장 깊은 곳까지 도달했다. 뜨거운 주름이 음경을 빠듯하게 휘감다가 훅 하고 느슨해진다.

이것은 내가 적당히 쓴 것이지만, 포르노 소설 특유의 이러한 문장 표현에 상스러운 단어는 하나도 포함되지 않았다. 현재의 포르노 소설의 풍부한 문장표현은 규제로부터 벗어났기 때문에 발전한 것이다.

규제라는 말에서 떠오르는 것은 내가 쥬브나일 포르노를 쓰는 계기가 되었던 "자위를 하다니 가여워" 소설이다. 20년 전의 쥬브나일 포르노는 "연인끼리의 섹스를 써서는 안 된다"라는 풍조가 있었기 때문일 것이다. 그 때문에 무리가 있는 전개가 되어버린다.

그러한 쥬브나일 포르노에 만족하지 못했던 남성독자가 많아서 "애인끼리의 섹스"를 쓴 내 책을 그런 독자들은 빠짐없이 사주었다. 여주인공이 귀엽다며 좋아해주었다.

결혼한 여성이 여주인공인 임신엔드를 쓴 내 책을 "이러한 소설이 읽고 싶었다"라며 사준 것이다.

메이드물을 프랑스서원에서 처음으로 쓴 것은 아오하시 유타카라고 하는 남성작가인데, 편집자에게 "메이드 같은 건 실재하지 않으니까 좋아할 사람이 없어요"라는 말을 듣고 "메이드는 제목이 귀엽고 잘 돌보아주는 존재라 매력적이다"라고 설득했다고 한다.

아오하시 작가의 메이드물은 잘 팔렸고, 그때부터는 메이드가 금지 소재에서는 빠지게 되었다. 활동하고 있는 포르노 작가가 아무래도 이 기획은 통과되지 않겠지, 하고 생각해서 쓰지 않은 내용 중에 오히려 다음 시대를 이끄는 소재가 있을 거라고 생각한다.

나는 지금도, 편집자가 안 된다고 할 법한 기획서를 일부러 내곤 한다. 시대는 변하고 있기 때문이다. 지금까지 안 된다고 여겨졌던 것이 다음 시대에는 팔리는 소재가 될 것이다. 포르노 작가가 되고 싶은 사람은 치어리더든 여경을 다룬 것이든 규제 따위 무시하고 좋아하는 것을 썼으면 한다. 자기 규제를 습관화

하는 현역 작가가 쓰지 않는 소설을 써라.

내가 쥬브나일 포르노를 "여자가 쓴 소녀만화 같은 달콤한 러브 코미디 따위 팔릴 리가 없어" 하고 없애버렸던 편집자가 있던 것처럼, 출판에는 곤란이 따를지도 모른다. 하지만 당신이 쓴 소설이 새로운 시대를 느끼게 해주는 것일 때 평가해줄 편집자는 분명 있다. "이런 소설이 읽고 싶었어요"라며 지지해주는 독자가 나타날 것이다.

편집자가 규제를 빠져나갈 방법을 함께 고민해줄 것이다. 로리타물은 안 되더라도 로리바바로 하면 된다고, 여중생이 아니라 여자교생으로 하자고 조언해줄 것이다. 당신이 열의를 갖고 쓴 새로운 소설은 프로 작가가 솜씨 좋게 쓴 것보다도 팔릴 것이다.

쓰고 싶은 소설을 쓰고, 새로운 시대를 만들어가자!

와카쓰키 히카루(이하 와) 편집 프로덕션 대항해의 마쓰무라 요시타카 사장님(이하 마)과 소가와 고우키 데스크(이하 소)에게 이야기를 들었습니다. 대항해는 이스트프레스에츠 문고, 코스믹, 시대관능 문고, 마돈나메이트 문고 등 포르노 문고의 편집을 행하고 있는 편집 프로덕션입니다.

마 고단샤講談社 문고나 하퍼콜린스 재팬의 바닐라 문고 등의 편집도 하고 있습니다.

와 고단샤 문고는 관능소설입니까? 바닐라 문고는 여성향이겠네요. 여성향도 다루고 계신 건가요?

소 네. 완전히 다른 장르의 무크지와 전자책, 전자 코믹스 제작 등도 하고 있습니다. 현재 업무는 다방면에 걸쳐 있습니다.

마 고단샤 문고에서는 일반 엔터테인먼트도 다루고 있습니다.

편집 프로덕션이란?

와 편집 프로덕션은 무엇을 하는 회사인지 알려주세요.

마 저자와 함께 기획을 꾸려 저자가 원고를 써주면 그에 걸맞은 출판사에 넘겨 간행하는 일입니다.

소 종이 원고든 전자 파일이든 출판사에 완전한 패키지 형태로 넘기는 데까지의 일을 하고 받는 겁니다.

와 완전한 패키지 형태라는 것은 무엇일까요?

마 저자와 함께 기획을 만들어 출판사에 보내고, 소설을 완성하고, 수정을 거쳐 완성도를 높이고, 교정과 표지 일러스트 등을 만들고, 다음은 인쇄만 하면 되는 일을 하는 겁니다.

와 편집부가 하는 일을 전부 한다는 말이군요. 기획 판매를 할 수 있다는 것은 작가에게는 매력적입니다. 편집 프로덕션은 출판 에이전트와는 어디가 다른 걸까요?

마 편집 프로덕션은 완성형 패키지, 즉 원래는 출판사가 내부에서 할 부분까지를 하청의 형태로 하는 것이지만, 출판 에이전트는 기획 단계까지를 출판사에 넘기는 것으로 끝나는 일이 많은 것 같습니다. 즉 기획 판매에 그치는 것이라고 할 수 있습니다.

와 편집 프로덕션은 출판사로부터 편집료를 받는 것으로 이익을 얻고 있다는 말씀인가요? 에이전트는 작가로부터 수익을 얻지만, 편집 프로덕션은 작가에게 작업비를 받는 것이 아니라는 것인가요?

마 그런 셈입니다.

와 일부, 작가에게도 작업비를 받는 편집 프로덕션이 있다고 들었습니다.

마 대항해에서는 저자 분께 인세를 몰래 떼먹지 않습니다.

와 작가의 인세는 줄지 않는다는 거네요. 그것은 작가에게 있어서 감사한 일이고요.

와 그 밖에도 작가가 편집 프로덕션에서 일을 하는 이점이 있다면 소개해주세요.

마 완전한 패키지 형태이므로, 저자 분의 작품을 살린 타이틀과 북디자인으로 출판할 수 있습니다. 또 "이 작품은 어느 출판사가 어울릴까?" 하는, 실은 저자에게 있어 셀프 프로듀스할 때 가장 중요한 부분을 미리 알고 있는 것이 득이 되는 것이 아닐까, 생각합니다.

와 편집방침이란 제각기 다르니까요. '레이블 컬러' 같은 게 있어요. 독자 분들도 읽으면 차이를 알아요.

와 기획 판매를 한다는 것은 작가가 스스로 영업하면 거절하는 출판사라도, 편집 프로덕션이라고 하면 통과하기도 할까요?

마 그럴 가능성은 있지요. 조금 건방지게 들릴 수 있겠지만, "이 프로덕션이 제시하는 안건이라면 맡겨도 괜찮다"라는 연관성을 출판사와 맺어왔으니까요.

와 연관성을 맺어왔다? 그것은 학연이나 경력으로 쌓아온 인맥이라는 의미입니까? 실례가 되지 않는다면, 출신대학과 학부, 경력을 여쭤봐도 될까요?

마 학연은 크게 관계없지만, 저는 와세다 대학 제1문학부를 졸업했습니다. 베네세, 오타출판, 이스트프레스, 무소샤^{無双舍} 대표를 거친 것이 지금에 이른 주요 경력입니다.

와 마쓰무라 사장님은 오타출판에 있을 때, 단 오니로쿠를 유려한 완성형으로 만들어 일반 독자 대상으로 판매했다고 들었습니다. 저는 실은 젊었을 적 처음으로 읽은 포르노 소설이 단 오니로쿠의 『꽃과 뱀^{花と蛇}』으로, 제가 포르노 작가가 되는 계기가 되었습니다.

마 그 책은 잘 팔렸지요. 젊은 여성이 살 수 있는 장정을 했기 때문에 더욱이 와카쓰키 선생님 같은 독자를 대상으로 했습니다.

소 저는 중앙대학 법학부 법률학과를 졸업했습니다. 서점 직원 등을 거쳐 니겐쇼보^{二見書房}, 그리고 지금에 이르게 되었습니다.

와 서점 직원이었던 건가요? 독자가 좋아하는 것을 알고 있다는 것은 강점이네요.

와 마쓰무라 사장님에게 묻고 싶습니다. 편집 프로덕션을 세우게 된 경위에 대해 알려주세요.

마 무소샤를 그만둔 뒤, 원래는 출판사를 새롭게 새우려고 했지만, 출판사의 리스크를 안을 만큼의 자금력이 그 단계가 아니라, 체력만 닿으면 언제나 출판사가 될 수 있는 업계 포지션으로서 편집 프로덕션을 세웠습니다.

와 소가와 데스크에게 묻고 싶습니다. 데스크라는 것은 일반 회사에서는 어떤 직책에 해당하는 건가요?

소 일반 회사라고 하면, 부장 아래, 차장이나 과장이겠네요. 일본어로 하면 부편집장이나 편집차장이라고 한다고 하는데, 하는 일은 도제(견습, 점원)와 다르지 않다고 생각합니다.

와 마쓰무라 사장님은 국장이기도 한데요, 국장이라는 것은 일반 회사로 말하면 어떤 직책에 해당하나요?

마 몇 개 부문을 통괄하는 장에 해당합니다. 총괄부장이라고 할까요.

신인 작가의 발굴에 대하여

와 편집 프로덕션의 경우 신인작가를 어떻게 발굴하고 계십니까?

마 기본적으로는 눈에 띄는 대로 모든 매체를 얼추 훑어본다고 하면 될까요?

와 눈에 띄는 대로라… 그건 또 대단하네요. 한 달에 몇 권이나 책을 읽으세요?

마 속독으로 잡지 4~5권. 재밌다, 대단하다고 하는 단행본, 문고 등 7~8권 정도요? 실은 좀 더 새로운 형태로 읽지 않으면 부족하지만요.

소 한 달에 10권은 읽고 싶지만, 최근 그 반도 읽지 못하고 있어요. 업무로 활자를 쫓다 보면 눈이 피로해져서요…. 이렇게 되면 안 되는데, 적어도 전철을 타고 가는 시간(독서 타임) 정도는 눈을 쉬게 하고 싶습니다. 이거 참.

와 번뜩이는 저자에게는 연락을 하고 계신가요?

마 네. 우리 같은 경우는 자체적으로 전자책 판매 사이트도 있기 때문에 거기에서 조회를 합니다.

와 관능작품 자체 사이트 Aubebooks.com말이군요. 작품을 써주세요, 하고 전화하는 건가요?

마 갖고 계신 작품을 Aubebooks.com에서 판매해보지 않겠습니까, 라고 이메일을 보내지요. 이메일을 보내고 나서 회신으로 온 작품에 대해서는 모두 훑어보고 있습니다.

와 저는 작품을 발표하고 싶은 레이블이 있을 때, 제가 편집부에 전화를 걸어 같이 기획 단계에서 시작하면 어떻겠느냐고 영업하는데, 작가 친구에게 이야기하니 놀라더군요. 작가는 영업 같은 궁상맞은 짓은 하면 안 된다고요. 의뢰를 기다려야 맞다는군요. 형편없는 식으로 거절당할 때도 있어요.

마 그건 말하자면, 일반문예의 경우겠지요. 관능은 먼저 제안을 받는 곳도 있습니다. 거기에 지금은 작가 분들 쪽에서 적극적으로 홍보하지 않으면 누구도 눈치채지 못할 정도로 다종다양한 작품이 전자책을 중심으로 넘쳐나고 있으니까요. 우리는 한 레이블의 작업을 통째로 진행하는 편집작업도 하청받고 있기 때문에 그 출판사로 보내는 저자 분들의 제안, 문의도 환영합니다.

와 소설의 기획제안도 접수받는 건가요? 대단하네요.

마 편집 프로덕션의 장점은 무엇이든 어떻든, 괜찮다며 가능성을 열어놓는 일이죠.

와 신인의 경우, 기획서 제안과 소설 제안 중 어느 쪽이 좋은가요?

마 소설 전문이겠군요. 매수는 신경 쓰지 말고, "쓸 수 있다"는 것이 최저담보선이 되어야 좋은 기획으로 실현될 수 있습니다.

와 신인 육성은 어떻게 행해지고 있나요?

마 우선 출판사를 상정하지 말고 원고를 받습니다. 그것을 플러스업해달라고 하지요. 그렇게 하면 자연스럽게 제안할 수 있는 출판사가 보이는 겁니다. 물론 어디에서 출판하고 싶다는 희망을 저자가 이미 갖고 있다면, 처음부터 저자와 밀착하여 원고를 집필하여 받는 경우도 있습니다. 이 플러스업의 과정이야말로 육성이 되는 거라고 생각하고 있습니다.

포르노 소설 독자에 대하여

와 관능소설 독자에 대하여 가르쳐주세요. 몇 살 정도의, 어떤 직업을 가진 사람이 많은가요?

마 포르노 소설 문고는 50~70세, 남성 직장인 혹은 퇴직한 분들이 중심이 됩니다. 한편 전자책으로 많이 출간이 되는 여성향 소설에서는 30~50세의 여성으로, 직장인 여성과 전업주부라는 느낌이 됩니다.

와 그것은 어떤 레이블도 같은 건가요? 레이블마다 차이가 있는 건가요?

마 "관능"이라고 한데 묶어버리면 대개 비슷하겠죠. 그 지점이 문제라….

와 레이블마다 편집방침이나 독자층의 차이는 있지만, 그 편집 방침의 차이는 명문화되지 않는다, 레이블 컬러를 살피지 않으면 안 된다, 라는 말이네요. 저도 어느 레이블에서 낮은 평가를 받아 나오지 않았던 책이 다른 곳에서는 대상을 받았고, 거기다 잘 팔렸던 경험이 있습니다. 이러한 일은 비교적 있는 편인 것 같습니다.

편집자가 보는 작가

와 편집자가 봤을 때 이러한 작가는 팔린다는 기준이 있다면 알려주세요.

마 시대의 분위기를 잘 충족시킬 수 있다는 걸로 수렴됩니다. 더하여, 자기 스스로 열성적으로 쓰기를 마다하지 않는 사람이 잘 팔립니다.

와 열성적으로 쓰기를 마다하지 않는다는 건, 노력한다는 의미인가요?

소 그것도 있고, 겸허한 사람일까요. 편집자의 변변찮은 지적을 진지하게 받아들여주는 작가 분들은 잘 되었으면 하고 바라게 되고, 결과적으로는 그런 사람들이 남게 됩니다.

와 편집자가 봤을 때, 이 작가는 팔리지 않겠네, 하는 것이 있다면 알려주세요

마 다른 사람의 작품을 읽지 않는 사람은 일단 무리예요. 그것은 관능에만 해당되는 것이 아니라 최소한 소세키의 작품 정도는 읽은 사람이 좋겠다고 생각합니다.

와 나쓰메 소세키 말인가요! 의외네요. 놀랐어요. 단 오니로쿠라든지, 키라 히카루綺羅光,일본의 관능소설가를 읽으라고 하실 줄 알았는데요. 어째서 소세키인 건가요?

마 문장력이며 구성력이며 캐릭터 조형이며, 혹은 시대의 분위기를 담은 방식하며, 결코 낡은 느낌이 없습니다.

와 『도련님』 정도밖에 읽지 않았는데, 바로 읽어보겠습니다!

와 편집자가 봤을 때, 의뢰하고 싶어지는 작가는 어떤 작가일까요? 역시 잘 팔리는 작가일까요?

마 자신의 세계관을 갖고 있는 사람, 쓰지 않을 수 없어 쓰는 사람입니다. 이것은 "관능" 이전의 문제로, "작가" "저자"라는 이름을 내세울 수 있는 건 그러한 "업"을 짊어진 사람뿐이라는 생각입니다. 그 "업"으로부터 지어지는 이야기가 시대의 분위기를 걸치고 있다면 최고입니다. 변방의 장르이지만, 문예의 일선인 점을 자각해주었으면 하는 거지요.

소 늘상 진화하는 작가입니다. 구르는 돌 같은 사람. 소설에 대하여 진지한 태도를 지니고 있고, 끊임없는 노력을 아끼지 않는 것입니다. 항상 위를 향하고 있고, 한 작품을 마칠 때마다 더 나아지는 글을 쓰려고 하는 작가는 함께 일하고 있으면 즐거우니까요.

와 편집자가 봤을 때, 곤란한(두 번 다시 의뢰하고 싶지 않은) 작가는 어떤 사람입니까?

마 돈밖에 신경 쓰지 않는 사람…일까요?(웃음)

와 편집자에게는 가장 기쁜 순간에 대해 알려주세요.

마 자신과 협력한 저자의 작품이 주목받았을 때, 그런데 그것이 잘 팔리면 더욱 기쁜 일이지요.(웃음) 모처럼 그 사람이 쓴 것이니, 그 사람의 작품으로써 특별하게 평가받는 것을 항상 목표로 하고 싶습니다.

와 작가가 관능소설이라는 비즈니스로 돈을 벌려면 어떻게 하면 좋은가요?

마 어느 정도 벌려면, 우선은 데뷔를 향해 노를 저으며, 장편 세 작품은 끈질기게 쓸 수 있는 지구력이 있다면 좋습니다. 그 다음은 자연스럽게 주문이 들어오겠죠. 다만 큰돈을 벌려는 것이라면, 어쩔 수 없는 "동기"를 뽑아내는 것입니다. "동기"를 뽑아낸다는 말도 이상하지만요. 테크닉만으로는 몇 권의 책으로 끝나버립니다.

소 관능소설이라는 비즈니스는 돈이 벌리지 않는다고 생각합니다. 만약 그것으로 돈을 벌려는 사람이 있다면, 그만두는 편이 좋지 않을까… 그러면 왜 작가는 소설을 쓰는가 하고 묻는다면 쓰고 싶은 것이 있으니까, 이겠죠. 그것을 쓰지 않으면 죽어버릴 것만 같은 큰 무언가. "동기"라는 것은 그런 것이라고 생각합니다.

포르노 소설의 현재와 미래

와 관능소설의 현재 판매 경향과 대표적인 작가를 알려주세요.

마 방정식으로 말하면, "치유계"로 불리는 장르로, 게다가 남자가 치유받는 이야기일까요. 이 붐은 기네요. 변화구로써 "유혹계"도 있습니다. 하지만, 한편으로 이 길게 이어지는 붐 끝을 발견하지 못하고 있다고도 말할 수 있겠습니다. 그 포화상태로부터 한 발 벗어나 베이스는 앞서 말한 장르로 두면서, 애절함을 전면에 내세운다거나 그런 바보 같은 웃음 나는 능력(물론 성적으로)을 전면에 내세운 이야기가 뻗어나기 시작한 것으로 생각합니다. 전자로 말하면 하지키 소우타^{葉月奏太} 선생님, 후자로 말하면 신지 타치바나 선생님 등을 들 수 있습니다. 공통되는 것은 경쾌하게 읽히는 문체와 구성, 이겠지요? 물론 관능 신이 부실하지 않고, 라스트가 산뜻하지만요.

소 확실히 "치유계" "유혹물"은 전성기이지만, 관점을 달리 해서 보면 포화상태에 있다고 말할 수 있습니다. 반면에 능욕물이 있는데요, 이쪽을 쓰는 사람은 거의 없습니다. 그중에서 독자적인 표현방법을 사용하여 고군분투하는 것이 야가미 쥰이치 ^{八神淳一} 선생님입니다.

와 관능소설의 미래에 대해 알려주세요. 관능소설은 앞으로 어떻게 되어갈 거라 생각하십니까?

마 결코 쓰러질 일은 없을 것 같다는 게 제 생각입니다. 그리고 문예로서 승화되면, 지금 이상의 일대조류를 획득하기까지 할 것으로 생각합니다. 지금 엔터테인먼트 전체가 세분화, 수적으로는 침체되어 있는 가운데, 대다수에게 가닿는 엔터테인먼트인 것에는 의심의 여지가 없습니다.

소 에로는 영원합니다. 인류가 인간임을 포기하지 않는 한 포르노는 죽지 않습니다.

와 관능소설을 지향하는 독자 분들에게 한 말씀 해주세요.

마 어쨌든 책을 읽는다는 것이 되겠습니다. 그것은 관능소설에만 해당되는 일은 아닙니다. 다만 관능적인 것이 생생하게 묘사되어 있다면 관능소설인 시대는 이미 끝났습니다. 관능문예를 부디 지향하길 바랍니다.

소 관능소설은 엄격한 세계입니다. 보이는 것보다 더 평가받지

도 못합니다. 그렇지만 쓰고 싶은 것이 있다면, 꼭 도전해주
시기 바랍니다.

와 감사합니다.

저는 편집운이 나빠서 이상한 편집자를 만난 적도 있지만,
편집 프로덕션의 편집자는 모두 착실하고 신기하구나 하고 생
각했습니다.

마쓰무라 사장님과 소가와 데스크의 이야기를 듣고 보니, 그
것은 출판사라는 후원자가 없는 가운데, 기술을 팔고 있었기 때
문이라는 것을 깨달았습니다. 편집 프로덕션이라면 민첩한 행
동력도 멋있다고 생각합니다.

작가에게 있어 가장 중요한 영업 부분과 어느 레이블이 자신
에게 맞는지 셀프 프로듀스하는 부분을 맡아주신다는 건 감사
한 일입니다.

5장

장편 포르노
소설을 써보자

프레임워크로 이야기의
아웃라인을 결정하자

맨 처음 할 일은 어떤 소설을 쓸지 대강의 구성을 결정하는 것이다. 구성을 짜놓고 생각해나가는 사고법을 프레임워크라고 한다. 사막 한가운데에 보석이 묻혀 있다고 친다. 모래를 아무 곳이나 파내는 것이 아니라 우선 사막을 절반으로 나누고, 그 절반의 구역 안에서 모래를 파내 찾는다.

보석이 나오지 않는다면 아직 파내지 않은 남은 절반을 다시 절반으로 나누고, 그 안에서 모래를 파내어 찾는다. 또 나오지 않았다면, 남은 절반을 다시 반으로 나누어 찾는다.

그렇게 해서 찾는 와중에 최종적으로는 보석을 발견할 수 있다는 사고 방법이다. 원래는 경영전략에 있어서 문제 해결 수단이었다고 한다. 나는 『USJ 제트코스터는 왜 뒤로 달리는 걸까』(모리오카 쓰요시 지음)를 읽고 프레임워크라는 알게 되었는데, 이것은 소설을 쓸 때에도 유효하다.

〈프레임워크 사고법〉

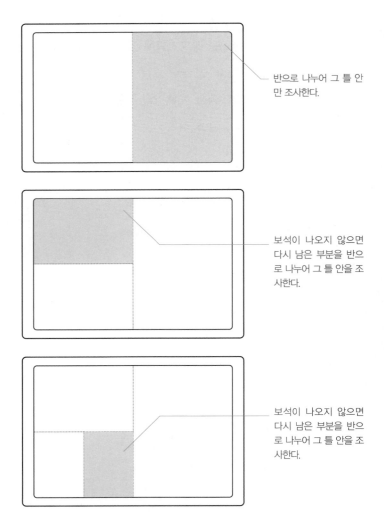

반으로 나누어 그 틀 안
만 조사한다.

보석이 나오지 않으면
다시 남은 부분을 반으
로 나누어 그 틀 안을 조
사한다.

보석이 나오지 않으면
다시 남은 부분을 반으
로 나누어 그 틀 안을 조
사한다.

조사하는 부분을 점차 작게 쪼개어 최종적으로는 답에 도달한다.

구성은 소설에서는 테마(주제)에 해당한다. 투고한 이상 상을 받고 싶을 것이다. 내 경험으로는 평가가 좋았던 소설은 항상 내가 좋아하는 것을 썼다고 생각한 때였다. 편집부의 권유로 "할렘은 싫은데. 나는 유혹당해서 쉽게 섹스하는 바람기 있는 남자는 싫어"라고 생각하며 쓴 소설은 증쇄를 하지 않았다. 신인상도 마찬가지다. 수상하는 소설은 당신의 "나는 이게 좋아"라는 염원이 행간에 드러나는 소설이다.

우선 당신이 좋아하는 것은 무엇인가 명확히 하는 데서부터 시작하자. 집필 프레임워크 시트를 첨부한다. 복사하여 사용하자. 다음 페이지에 나오는 질문에 답해보자.

집필 프레임 시트

1) 싫어하는 포르노 소설. 왜 싫어하는가?(복수 답변 가능)

2) 질문 1)의 등장인물에서 어떤 부분이 싫은가?

3) 당신이 좋아하는 포르노 소설. 왜 좋아하는가?(복수 답변 가능)

4) 질문 3)의 여주인공에서 어떤 부분이 좋은가?

5) 에로가 없는 애니메이션과 만화에서, 이 여주인공의 야한 신을 보고 싶다고 생각한 작품이 있는가?

6) 당신이 좋아하는(쓰고 싶은) 여주인공의 나이, 직업, 성격(복수답변 가능).
   좋아하는 여주인공 중에서, 가장 좋아하는 여주인공에 동그라미 쳐보자.
   (예: 하루코, 26세, 보모, 다정하고 느긋하지만, 일은 착실하게 함)
   ·
   ·
   ·

7) 주인공의 이름, 나이, 직업, 성격

8) 무대를 정하자(집 주변, 사무실, 아르바이트 하는 곳, 대학교 등).

9) 시대를 정하자(현대 일본, 버블시대의 지방도시, 에도시대 등).

10) 여주인공은 복수인가 단독 여주인공인가?
    할렘물일 경우, 등장하는 모든 여주인공의 이름, 직업, 성격을 쓰자(네 명까지).
    ·
    ·
    ·

11) 당신이 쓰고 싶은 소설은 소프트계열인가, 하드계열인가?

1) 싫어하는 포르노 소설. 왜 싫어하는가?

2) 질문 1)의 등장인물에서 어떤 부분이 싫은가?

포르노 소설을 한 권도 읽지 않고 포르노를 쓴다는 것은 불가능하다. 읽지 않은 사람은 우선 포르노 소설을 19권 정도 사서 읽기를 권한다.

좋아하는 소설도 싫어하는 소설도 있다고 생각한다.

싫어하는 포르노 작가는 생리적으로 받아들일 수 없다고 생각할 정도로 싫어하는 것을 써보자. 원숙한 여자가 싫다, 근친은 역겹다, 여주인공이 너무 멍청해서 싫다, 주인공이 쓰레기인 점을 용서할 수 없어서 싫다. 여러 이유가 있을 것이다. 자기 자신에게 묻고 이유를 확실히 써두자.

3) 당신이 좋아하는 포르노 소설. 왜 좋아하는가?

4) 질문 3)의 여주인공에서 어떤 부분이 좋은가?

좋아하는 포르노 소설은 없다고 말하는 사람도 있겠다. 그 경우는 AV든 에로 만화책이든 좋아하는 것을 답변하자. 다음으로 왜 좋아하는가 생각하자. 여주인공이 취향이라서, 주인공이 겪는 일이 기분 좋아서. 여러 이유가 있을 것이다.

여주인공이 보모라서 좋다든가 여주인공이 부끄러워하는 면이 귀엽다거나 생각나는 것들을 적자. 싫어하는 것과 좋아하는 것이 같은 사람도 있을 터.

××소설에 나오는 성숙한 여자는 싫은데, ○○에 나오는 성숙한 여자는 좋다. 그 이유는 ××는 성숙함이 천한 반면, ○○의 성숙함은 수줍음이 있으면서도 상냥하게 가르쳐주니까 좋다고 할지도 모른다. 그러면 당신이 써야 할 여주인공은 여주인공이 수줍어하면서도 상냥하게 가르쳐주는 이야기가 된다.

5)에로가 없는 애니메이션이나 만화에서, 이 여주인공의 야한 신을 보고 싶다는 작품이 있는가?

나는 있다. 애니메이션 〈일곱 개의 대죄〉를 보면서, 엘리자베스와 메리오다스의 야한 신을 보고 싶다고 생각하고 동인지를 찾아보거나 내가 직접 썼다.

앞서 말한 다섯 가지 질문에 답한 당신은 다음 두 가지 질문에는 쉽게 답할 수 있을 것이다.

6) 당신이 좋아하는(쓰고 싶은) 여주인공의 나이, 직업, 성격(복수 답변 가능). 좋아하는 여주인공 중 가장 좋아하는 여주인공에 동그라미를 쳐

보자.

실은 1)에서 5)까지의 목적은 여주인공의 캐릭터를 만들기 위함이다.

캐릭터부터 생각해두는 것은 포르노 소설이 궁극의 캐릭터 소설이기 때문이다. 매력적인 여주인공을 공략하는 것이야말로 포르노 소설이다. 이러한 멋있는 애인과 야한 짓을 하고 싶다는 남성의 꿈을 소설로 이루자.

7) 주인공의 이름, 나이, 직업, 성격

여주인공을 정하면 주인공이 정해진다. 여주인공이 여교사라면, 주인공은 학생이나 동료 교사가 된다. 형수나 의붓 엄마라면 주인공은 청년이나 소년, 의붓 형제나 의붓아들이 된다. 여고생이 여주인공이면, 주인공은 남고생이나 교사가 된다.

8) 무대를 정하자

무대도 자동적으로 결정될 것이다. 여교사라면 학교가 무대이고, 이웃집에 사는 다른 남자의 아내라면 편의점이나 근처 레스토랑 등의 주변 장소, 간호사라면 병원, 메이드라면 집, 기숙사 사감이라면 기숙사, 요가 강사라면 스포츠센터가 된다. 아이돌 가수라면, 소속사 사무실이 있는 맨션이나 젊은 여자가 출입하는 곳, 게임센터나 책방, 노래방이 된다.

9) 시대를 정하자

시대는 정해져 있을 것이다. 현대 일본, 에도시대, 버블 시대 등.

10) 여주인공은 여러 명인가 한 명인가? 할렘물일 경우, 등장하는 모든 여주인공의 이름, 직업, 성격을 써라

할렘물은 인기가 있다. 남자에게는 씨를 남기고 싶은 본능이 있기 때문이다. 나는 할렘물은 서툴고, 여주인공이 한 명인 소설을 많이 쓴다. 차분히 한 명의 여자를 개발하는 이야기를 쓰고 싶다면 단독 여주인공, 많은 여주인공과 관계하는 이야기를 쓰고 싶다면 여주인공을 여러 명 두자.

조교물이라면 단독 여주인공, 유혹물은 복수 여주인공이 좋겠다. 할렘물로 등장시키는 여주인공의 수는 최대 네 명이다. 그 이상은 여주인공을 한 명 한 명을 묘사하는 수준이 너무 얇아지고, 소설로 성립되기가 어려워진다.

할렘물을 좋아하는 남성독자는 여러 여주인공과 관계하는 이야기를 바라기 때문에, 가급적 각기 다른 타입의 여주인공을 등장시킨다.

쌍둥이이지만, 성격은 반대로 한다. 한 명은 적극적인 타입, 또 한 명은 고상한 타입인 느낌이다. 다른 남자의 아내만 등장한다면 여러 타입을 설정한다. 유명인의 아내, 정숙한 아내, 적극적인 아내, 같은 아내라도 다양하다.

여주인공이 여러 명일 때, 여성 편력을 보여주는 소설은 최종적으로 한 명을 선택하면 좋고, 할렘물이면, 마지막은 역시 3P, 4P로 마무리하면 좋다.

여성 편력물과 할렘물에 대해서는 따로 설명하겠다.

11) 당신이 쓰고 싶은 이야기는 소프트계인가, 하드계인가?

연인끼리(소프트계) 하는 SM플레이(하드계)는 신인상을 통과하기가 어렵다. 이유는 팔리지 않아서다. 소프트계는 표지도 제목도 소프트계의 표지가 된다. 하드계는 어떻게 봐도 능욕물이구나, 하는 표지가 된다. 이도 저도 아닌 상품은 팔기 힘들다고 한다.

나는 연인끼리의 SM 플레이(러브러브 조교)를 쓰고 있는데, 그것은 쥬브나일 포르노이기에 허용되는 통상적이지 않은 글쓰기이고, 성인용 포르노 소설에서는 NG인 경우도 있다.

연상이 가르쳐주는 이야기인가, 능욕물인가, 어느 한 쪽으로 정했다면 흔들리지 않도록 하자.

이것으로 설정과 등장인물, 이야기의 경향이 정해졌다. 소설의 프레임이 완성된 것이다. 또한 집필 프레임워크 시트는 포르노 이외에도 도움이 된다. 질문사항을 적절히 바꿔서 사용하자.

소설의 틀이 완성되었으니, 다음은 스토리를 만들어보자. 우선은 기승전결(서파급) 설명부터!

기승전결과
서파급

기 처음에 어떤 일이 일어난다. (시작, 만남)

승 어떤 일이 점점 격해진다.

전 그러더니 완전히 다른 일이 일어난다. (절정, 극적인 장면, 이별)

결 마침내 이렇게 되어버렸다. (결말, 재회)

서 처음에 어떤 일이 일어나고, 그 어떤 일이 점차 격해진다.

　　(처음, 만남)

파 그런데 완전히 다른 일이 일어난다. (절정, 극적인 장면, 이별)

급 마침내 이렇게 되어버렸다. (결말, 재회)

모든 스토리는 이 패턴으로 수렴된다. 포르노 소설도 기승전 결이나 서파급으로 쓴다.

포르노 소설의 템플릿,
다섯 가지 패턴

포르노 소설에는 몇 개의 템플릿(정해진 형태)이 있다. 템플릿은 왕도이며, 정석이지만, 정석을 넘어선 지점에 재미가 있다고 생각한다.

템플릿을 무너뜨리는 이야기를 쓰고 싶은 것이다.

◇ 조교·정복물(여주인공 혼자인 경우)

기 여주인공이 협박받는다. (처음, 만남)

승 협박에 굴하여 관계를 가지고 조교된다.

전 그런데 조교사가 갑자기 여주인공을 풀어준다. 여주인공은 자유를 구가하지만, 점차 육체적으로 좀이 쑤셔 참을 수 없게 되어버린다. (절정, 극적인 장면, 이별)

결 마침내 여주인공은 스스로 조교사에게로 돌아가 노예가 되어버린다. (결말, 재회)

◇ 조교물(여주인공이 여럿인 경우)

기 여주인공A가 여주인공 B와 레즈비언 섹스를 한다. (처음, 만남)

승 여주인공B는 주인공의 노예로, 두 사람이 노예로 조교된다.

전 그런데 노예가 된 여주인공A는 다른 여자를 노예로 만들고 싶다고 생각하기 시작하여 함정에 빠뜨린다. (절정, 극적인 장면, 이별)

결 마침내 4P가 되어버린다. (결말, 재회)

◇ 유혹물(누나가 가르쳐줄게 · 여주인공이 혼자인 경우)

기 주인공과 여주인공이 만난다. (처음, 만남)

승 여주인공이 주인공을 가르친다.

전 그런데, 주인공이 사법시험 공부를 하고 있음을 알고, 여주인공이 주인공에게 이별을 고한다. (절정, 극정인 장면, 이별)

결 마침내 주인공이 사법시험에 합격하여, 여주인공과 러브러브한 관계를 이어간다.

◇ 유혹물(누나가 가르쳐줄게 · 여주인공이 여럿인 경우)

기 무엇인가를 계기로 주인공이 여성을 유혹하는 힘을 손에 넣는다. (처음, 만남)

승 여주인공A와 섹스한다.

전 그런데 여주인공B와 섹스한다. (절정, 극적인 장면, 이별)

결 마침내 여주인공AB와 주인공의 3P가 이루어진다. (결말, 재회)

◇ 여성편력물

기 동정인 주인공이 동급생 여자를 좋아하면서도, 누나에게 가르침을 받는다. (처음, 만남)

승 게다가 또 다른 여자와 섹스한다.

전 그런데, 여기에 또 다른 여자와 섹스한다. (절정, 극적인 장면, 이별)

결 마침내 동급생 여자와 섹스하고 연인관계가 된다. (결말, 재회)

여기서 소개한 것은 다섯 가지뿐이지만, 이 밖에도 많은 패턴이 있다. 포르노 소설을 몇 권쯤 읽으면, 템플릿이 보인다. 프랑스서원 문고, 마돈나메이트 문고 등은 템플릿을 답습하는 경우가 많지만, 템플릿은 스토리가 정돈되는 대신, 언젠가 본 것 같은 소설이 된다.

템플릿을 멀리하면, 정돈되지 않은 소설이 되지만, 신선하고 힘 있는, 당신만이 쓸 수 있는 소설이 완성된다.

템플릿을 답습할 것인가, 혹은 멀리할 것인가. 그것은 당신의 판단이다.

스토리는
심플하게

포르노 소설의 꽃은 에로 신이며 스토리는 에로를 위해 존재한다.

에로와 스토리의 황금비율은 6 대 4다. 1장에 에로 신을 하나 넣고, 분출할 수 있는 장면을 만들도록 하자.

원고지 350매의 장편소설^{한글 200자 원고지 기준 700~1000매가량}이라면, 스토리 파트에 할애하는 페이지 수는 고작 140매^{200자 원고지로 240매}밖에 되지 않는다. 일반소설과 같은 정도로 줄거리를 만들면 실패한다.

스토리는 심플하게 하자. 포르노 소설은 매너리즘에 빠져도 좋다. 파란만장한 스토리 전개나 실마리 풀기, 반전은 필요 없다. 그렇다면 어떻게 이야기에 기복을 줄 것인가, 기승전결의 전에서 어떻게 이야기를 고조시켜야 할 것인가가 의문으로 남는다.

이야기의 고조는 반전이 아니라 에로 신에서 만들자. 포르노 소설이니까.

줄거리
생각하기

상자 쓰기라는 방법을 사용하여 줄거리를 생각한다. 상자 쓰기란 틀을 없앤 칸에 문장을 넣는 것으로 줄거리를 조립하는 방법이다. 나는 시나리오 교실에서 배웠다. 상자 쓰기 시트를 첨부한다. 이 상자 쓰기 시트는 포르노 이외의 소설에도 사용할 수 있다. 집필 시트를 옆에 두고, 상자 쓰기를 채운다.

1) 만남을 생각한다. (기승전결의 결, 서파급의 서)

주인공과 여주인공이 만나는 신을 생각해보자. 이웃집 부인이라면 만나는 장소는 집 주변으로 제한된다. 신호 대기 중인 길 위, 복권판매점, 편의점, 서점, 도서관, 게임센터.

주인공이 여주인공이 타는 자전거 뒷바구니에서 떨어진 오렌지를 주워준다. 떨어뜨렸어요, 라고 말을 걸지만 그녀는 휙하니 달려나가 버린다. 횡단보도에서 신호에 걸린 부인을 겨우 따라잡아 오렌지를 건넨다.

게임센터에서 부인이 인형 뽑기에 열중하고 있는데, 결국 하나도 뽑지 못한다. 주인공이 쉽게 뽑아 여주인공에게 준다. 복권판매점에서 1만 엔이 당첨되어 크게 들떠 있는 부인에게 엉겁결에 "잘됐네요, 누나"라고 말을 걸었더니, 누나라고 불려 기분이 좋아진 부인이 "누나가 쏠게"라고 말한다. 주인공은 사양한다. 여러 가지가 고민되는 것 같다.

이번에는 여성편력물의 템플릿에서 이야기를 만들어보자. 복권판매점에서 만나는 이야기를 가져와 이야기를 이어서 만들어보자.

2) 섹스에 이르는 계기(기승전결의 승, 서파급의 서 후반부)

섹스로 이야기가 모이려면 계기가 필요하다. 아아, 그래서 여주인공이 주인공과 섹스하는 거군, 하고 독자를 납득시켜라.

이상한 힘으로 여주인공이 발정 나도 좋겠다. 여자 상사가 회식에서 몸을 가누지 못해 부하가 데려다주었더니 섹스로 몰아치는 전개도 좋다. 계단에서 떨어지는 여주인공을 주인공이 멋있게 구해주는 것도 괜찮다.

이번에는 여성편력물의 템플릿으로 복권판매점을 끌어들여 이야기를 만들기로 했으니, 이상한 힘을 키워드로 이야기를 이어가보자. 복권판매점에서의 만남 뒤에, 그 후 부인과 문득 다시 만나 이야기가 무르익는다. 부인이 "보답을 하고 싶은데"라고 해서 주인공은 여자의 집에 간다. 거기에 택배가 와 있다. 슈퍼마켓 경품에 당첨이 된 것이다.

"너랑 같이 있으면 운이 좋아지는 것 같아."

"그렇게 말하니 이런 일이 있군요."

주인공은 떠올렸다. 점을 봤을 때, "너는 운이 좋은데, 그 좋은 운이 잘 드러나지 않아. 개운을 돕는 물건을 지니렴" 하고 점집에서 물건을 강매당했다.

주인공은 자기 자신이 운이 좋은 것이 아니라, 자신이 만진 사람의 운을 좋게 만드는 존재였던 것이다. 부인이 "내가 가르쳐줄게"라며 순진하게 섹스한다. 주인공은 "섹스를 하면 운이 좋아지는 남자"로 소문이 나고 여교사와 보모와 섹스한다.

3) 그런데 완전히 다른 일이 일어났다. 다른 일은 무엇일까?(기승전결의 전, 서파급의 파)

주인공이 줄곧 좋아했던 여대생이 계단에서 굴러떨어질 것 같아 주인공이 온 힘을 다해 구해주기는 했는데, 럭키 아이템이 부서지고 말았다. 주인공은 여대생과 섹스한다.

4) 결국 어떻게 되어버린 걸까? (기승전결의 결, 서파급의 급)

주인공은 여대생과 연인 사이가 된다. 한편 전부터 면접을 보고 결과를 기다리던 회사에 취직이 결정되었다. 이사하기 전에 럭키 아이템을 판 점쟁이를 보러 점집을 갔는데, 거기에 점쟁이는 없었다. 주인공 곁에는 주인공의 이상한 힘을 본 것이 아니라 주인공 자체를 좋아해준 여대생 연인이 있다.

이것으로 이야기가 완성되었다. 하지만, 아직 장편을 쓰기에는 부족하다. 챕터를 세울 필요가 있다. 시중에 판매되는 포르노 소설은 대개 여섯 개의 장으로 나뉘어 있다. 프롤로그(서언), 에필로그(종장)을 보태서 기획서를 만들자.

기획서는
이렇게 쓴다

기획서는 글쓰기로 치면, 장편소설의 상세설계도이지만, 편집자에게 제출할 때, "내 상품은 이렇게 매력적입니다. 내 상품을 받아주시면 귀사에 수익을 안겨드리겠습니다"라고 어필하는 프레젠테이션 자료가 된다.

프로는 기획서에 OK가 떨어지지 않는 소설을 쓰지 않는다. 인세 지불은 책이 나오고 나서 생긴다. 기획서를 쓸 수 없으면 1엔도 벌 수 없다.

작가는 기획서를 못 쓰면 살아남을 수 없는 것이다. 아마추어 단계에서 기획서를 쓰고 나서 장편소설을 쓸 수 있도록 한다.

　소설을 도중까지밖에 쓸 수 없는 사람은 먼저 기획서를 만드는 습관을 들인다. 항해도(기획서)가 있음으로 해서 마지막까지 쓸 수 있게 된다. 기획서 상자 쓰기 시트를 실어두니(206쪽) 확대 복사하여 사용하자.

　기승전결로 쓴 스토리를 장을 세워 기획서로 만들어보자.

프롤로그　점을 보고 럭키 아이템을 샀는데, 동경하던 여대생과는 이야기를 걸 수조차 없이 지나치기만 할 뿐

1) **(기) 제1장** 복권판매점에서 이웃집 부인을 만난다. 길바닥에서 우연히 만나 연상이 가르쳐주는 섹스를 한다.

2) **(승) 제2장** 이웃집 부인과의 두 번째 섹스.
　제3장 간호사와 만나 섹스.
　제4장 간호사와 두 번째 섹스.

3) **(전) 제5장** 계단에서 굴러떨어질 뻔한 동경하던 여대생을 구한다. 럭키 아이템이 부서진다.
　여대생과 섹스한다.
　제6장 여대생에게는 행운이 생기지 않는다. 하지만, 여대생은 당신 자체를 좋아해서 안겨온다.

4) **(결) 에필로그** 취직하여 사택에 살게 된다. 여대생과는 연인 사이가 된다.

챕터 하나마다 에로 신을 넣는다.

만약 조교 신이 계속되는 조교물이라 해도 여주인공의 흐트러진 모습을 묘사한 다음에는 장을 새로 시작하여 일상 신을 묘사하고, 여주인공의 청초하고 아름다운 면을 독자에게 보여주도록 한다. 그리고 쾌감을 탐하는 그녀와의 격차를 독자에게 인상 깊게 남긴다.

콘셉트와 줄거리는
명확하게

　장을 세웠다면 집필 프레임 시트를 보면서 기획서 상자 쓰기 시트로 등장인물을 기입해나간다. 시대와 장르를 썼으면 콘셉트(상품의 강조점)를 생각한다.

　콘셉트는 핵심 카피다. 책 띠지에 쓰이는 문구이기도 하다. 상품 내용을 명확하게 보여주는 것이다. 줄거리는 4줄로 요약한다.

　나는 기획서를 쓰는 법을 배우기 위해 비즈니스 세미나를 들은 적이 있다. 강사는 기업재생을 다루는 회사의 대표자였다. 말하자면 사모펀드 운영업체의 사장이다. 그 강사가 말하기를, 기획서라는 것은 이사회와 엘리베이터로 1분만 함께 있을 때 1분 안에 말로써 프레젠테이션을 하고 "좋아, 자네의 기획에 투자하지" 하는 말이 나오도록 써야 하는 것이라고 한다.

1분으로 설명할 수 있는 내용은 고작 다섯 줄이다. 콘셉트와 줄거리는 가장 힘을 넣어 쓰자.

상장 쓰기 시트

제목	
콘셉트	
줄거리	
등장인물	
프롤로그	
1장	
2장	

제목을
정한다

　현재 판매되고 있는 포르노 소설은 실은 편집자가 제목을 붙여준다. 포르노 소설을 살 때 독자는 서서 읽어보기보다는 표지, 혹은 뒤표지를 보고 빠르게 산다. 프랑스서원은 키오스크에서도 잘 팔린다고 한다. 키오스크에서는 차분히 책을 선택할 수 없다. 본 순간의 인상이 중요하다.

　제목은 카피라고도 할 수 있는데, 카피 센스는 작가보다 편집자 쪽이 훨씬 훌륭하다. 제목 하나로 판매 기로가 갈린다고 한다.

　서점 영업을 했을 때 서점 직원이 말하기를 표지를 보면 판매 여부가 보인다고 한다. 창고에서 배본한 책 뭉치의 댐지를 걷어 책을 본 순간 이건 팔리겠다, 안 팔리겠다 감이 온다고. 그리고 그 감이 곧잘 맞는다고 한다. 잘 팔리는 책은 표지가 크게 보인다. 팍 하고 눈에 띈다는 것이다.

표지에 실리는 것은 제목과 펜네임, 거기에 표지그림뿐. 그래서 제목이 중요하다. 프로가 된 편집자가 제목을 붙여주면 안심이지만, 아마추어는 자신이 제목을 붙이면 안 된다.

제목을 붙이는 방법에는 몇 개의 패턴이 있다. 이것은 일반소설에도 응용할 수 있으므로 포르노 소설, 쥬브나일 포르노, 일반소설을 섞어서 설명하겠다.

◇ 문장으로 한다

『엄마와 여동생이 내 방에 드나든다』『JK하루는 이세계에서 창녀가 되었다』『열쇠 없는 꿈을 꾸다』『막차 시간에 늦지 않으면』『멋대로 흔들려라』

◇ 대화문

『하면 안 되는 짓을 하자』『많이 나오는구나』『부인, 들어가겠습니다만』『나는 대낮의 암컷이 된다』『나한테는 집안일 요정인 메이드가 있습니다』『아리스 씨와 마사요시 군은 무관계입니까?』『빨간 모자야, 조심해』

◇ 단어, 조어

『애노』『처녀 여동생』『취모』『사육』『My 누나』『일식』『공식』『ab산고』

◇ ○○의 ○○

단어를 '의'로 연결하는 방식이다. 그 경우, 가급적 관계없는 혹은 반대 의미를 지닌 단어를 배치하는 것이 핵심이다.

『살무사의 혀』『아내의 검은 속옷』『처녀의 밀고』『내일의 기억』『불꽃의 미라쥬』『태양의 계절』『영원의 0』

어제의 기억은 있어도 내일의 기억을 갖고 있는 사람은 없기 때문에, 뭘까 하는 궁금증을 자아낸다. 영원의 0은 제로전투기의 0이지만, 영원이 0이 되는 일은 없기 때문에 독자의 흥미를 끄는 제목이다.

◇ ○○과 ○○

단어를 '와/과'로 연결하는 방식이다. '의'와 달리 가급적 연관 있는, 병렬이 되는 단어를 배치하는 것이 좋다.

◇ **오마주**

오마주라는 것은 영향을 받은 작품과 닮은 이미지를 지닌 것을 창작하는 것을 말한다. 괄호 안은 원작의 제목이다.

쿡 하고 웃기 쉬운 제목이다. 저작권법상 문제가 잇는 것은 아닐까, 고민일 것이다. 제목은 저작권이 없다. 저작권은 창작물에만 인정되는 것이기 때문이다. 제목은 너무 짧아서 창작물로 보지 않는다고 한다. 실은 오마주 제목은 포르노 이외에도 얼마든지 있다.

오마주는커녕 와타나베 준이치의 『실낙원』에 이르러서는 영국 시인 밀턴의 장편 서사시 「실낙원」과 이름이 같다. 당신들도 멋있는 이름을 붙여주어라.

　이것으로 기획서가 완성되었다. 기획서는 프로가 되면 싫을 정도로 써야만 하니까 아마추어 일 때 익숙해지도록 한다. A4 용지 2~4장으로, 콤팩트하게 정리한다.

　내가 쓴 기획서를 게재했으니 참고 바란다.

상장 쓰기 시트(기획안)	
제목	꽃잎을 둘러싼 이웃의 아내와 간호사와 여대생과
콘셉트	행운체액을 가진 나는 미녀들을 행복하게 해서 인기가 많아졌다.
줄거리	취업준비생인 주인공은 점쟁이에게서 행운체질이라는 말을 듣고, 행운의 아이템을 강매당했다. 이웃집 아내를 향해 재채기를 했더니 그녀는 복권에 당첨되었다. 자기 자신에게 행운이 오는 것이 아니라 체액이 묻은 여자에게 행운을 나눠주는 힘을 가졌음을 깨닫는다. 인기가 많아져 즐거운 주인공이었지만, 행운의 아이템이 부서져버리고….
등장인물	– 다나카 게이치로, 22세. 좋은 사립대학을 졸업했지만, 취업은 되지 않고 우울한 봄을 보내고 있다. 취업준비생 극히 보통의 청년. – 다카다 아야노, 27세, 이웃의 아내. 유치원에 다니는 아이가 있다(여자아이). 밝고 순진하고 귀여운 느낌. – 아야스키 유우, 33세, 간호사. 다정하고 부드러운, 감싸안아주는 느낌. – 모리야 유리에, 20세. 성아그네스 여자대학에 다니는 2학년. 같은 서점에서 자주 얼굴을 마주친다. 가끔 이야기를 하는 일도 있다.
프롤로그	게이치로는 평소와 달리 골목의 점쟁이에게 점을 봅니다. "당신은 행운체질인데, 그 행운이 잘 드러나지 않는군. 행운의 아이템을 갖고 다녀." 팔찌를 찼지만, 메일로 채용 불합격 통보를 받습니다. "또 불합격 통지서라니." 여대생과 스쳐지나갑니다. 게이치로는 여대생을 동경하지만, 인사하는 수준 이상으로 발전되지 않습니다. "행운의 아이템, 효과가 없구나."
1장	게이치로는 은행에서 통장정리를 하고 있습니다. 대학 졸업과 동시에 부모님이 보내주던 돈도 끊겨서 잔고가 불안합니다. 재채기를 한 순간, "깍" 하는 비명 소리가 들립니다. 복권판매점에서 줄 서 있던 젊은 누님이 맞은 모양입니다. "죄송합니다. 맞아버리셨네요." "어머, 괜찮아." "당첨되셨단 말이에요. 축하드립니다." 복권이 10만 엔 당첨되었다. 누님은 기쁜 나머지 게이치로와 손을 맞잡고 기뻐합니다. 그다음 날, 슈퍼마켓에서 누님과 만납니다. "대접하고 싶어. 우리집에 와." 누님은 다카다 아야노, 유치원생인 아이가 있는 주부입니다. 아야노가 직접 만든 스파게티를 맛있게 먹게 됩니다. 그녀가 컵을 착각하여 물을 마셔버려 간접키스를 하게 됩니다. 택배가 옵니다. "액주에 당첨되었어! 너 행운을 옮기는 남자 아냐?" "그러고 보니, 점을 봤을 때…." "너는 접촉한 사람에게 행운을 가져다주는 남자가 아닐까? 행운체액의 소유자인가?" "제 자신한테 행운이 생기는 편이 좋겠는데." "행운을 나누어줄게." 아야노에게 동정을 떼게 됩니다.
2장	이비인후과의 병원. 꽃가루 알러지의 치료 때문입니다. 예쁜 간호사 분이 있습니다. 아야노와 간호사는 친구인 듯합니다. 아야노는 아이의 예방접종 때문에 왔다고 합니다. 아야노가 게이치로의 아파트에 옵니다. "대학생이야?" "졸업했는데, 취직은 못해서." "나만 행운을 받아서 미안하네. 뭐든 해줄게." 알몸으로 앞치마를 두르고, 방 청소와 만들어둔 반찬을 조리합니다. "뭐야, 네가 빤히 쳐다보니까, 흥분해버렸잖아! 나를 먹어줘." 게이치로가 리드합니다. "너와는 오늘로 이별이야. 남편이 승진해서 전근가게 됐거든. 여러 모로 고마웠어." "저야말로 감사했습니다."

| 3장 | 고등학교 동창회. 모두 함께 일하고 있습니다. 불학격 통지서가 와서 게이치로는 과음을 해버렸습니다. 길바닥에 토를 해버린 게이치로를 도와준 것은 어느 예쁜 여자. "나, 간호사야. 이비인후과지만." 그 이비인후과의 간호사였던 것입니다.
꽃가루 알러지 약이 없어져서 이비인후과에 가서 간호사에에 답례를 하고 싶다고 했더니, "나를 안아주지 않을래?"하고 수줍게 말합니다.
"왜냐면, 너는 행운 청년이잖아." 게이치로는 술에 잔뜩 취해서는 "어쩌서 나한테는 행운이 오지 않는 거야."라고 말한 듯합니다. 게다가 아야노와 친구라서 이야노에게서도 들었던 것 같습니다. 간호사는 게이치로가 토한 자리를 정리한 다음, 상점가의 제비뽑기로, 세제 세트가 당첨됐다고 합니다.
빈정이 상한 게이치로는 간호사에게 간호사복을 입힌 채로 짓궂은 섹스를 합니다. |
| --- | --- |
| 4장 | 간호사와의 두 번째 섹스

검진기를 사용하거나 의사 흉내를 내며 놉니다. 유우는 포용력이 있는 여자로, 게이치로가 말하는 대로 무엇이든 해줍니다.

유우는 유원지 티켓에 당첨되거나 제비뽑기로 과자를 타냈다고 합니다. "나는 병원과 집을 왕복할 뿐인데, 너 덕분에 즐거워. 정말 고마워." 간호사는 사람이 좋아서, 자기도 모르게 다른 사람에게 친절하게 대해서 손해보는 일이 있다고 합니다. 과음한 게이치로를 도와준 것처럼 다정한 여자입니다.

자신에게는 행운이 오지 않지만, 다른 사람에게 행운을 가져다주는 남자인 것도 괜찮겠다고 생각하게 되었습니다. |
| 5장 | 면접을 보고 돌아오는 길, 역 계단에서 굴러 떨어질 것 같은 여대생을 순간적으로 구해줬는데, 그때 행운의 아이템인 팔찌가 끊겨 전차 쪽으로 데굴데굴 굴러가 부서지고 맙니다.
충격을 받은 게이치로였지만, 여대생은 "언제나 서점에서 만난 분이네요. 구해주셔서 감사합니다." 하고 생글생글 웃습니다.

함께 차를 마시고, 이야기를 나눕니다.

그리고 섹스를 합니다. 여대생은 처녀였지만, 게이치로는 부드럽게 리드합니다. |
| 6장 | 간호사가 준 유원지 티켓으로 여대생과 데이트합니다. 유리에는 신혼 여성과도 간호사와도 달라서 게이치로로 자신을 좋아해주고, 더욱이 게이치로가 리드하고, 섹스를 가르쳐줄 수가 있습니다. 독서를 좋아하는 것도 같아서 즐겁습니다.

"좋아해." "나도야."

메시지가 왔습니다. 임원 면접 알림입니다. |
| 에필로그 | 여대생과 데이트하는 게이치로. 취직이 되어서, 회사 기숙사에서 회사로 출근하고, 즐겁게 일을 하고 있는 게이치로. 여대생과 연인 사이가 되어 즐겁게 지내고 있습니다.

점쟁이가 있던 골목까지 가봤지만, 그 점쟁이는 없습니다. |

캐릭터
설정 방법

반복이지만, 포르노 소설은 캐릭터 소설이다.

"이렇게 예쁜 여성이, 내게 애교를 부리다니. 야한 짓을 해주자. 나에게만 벗은 몸을 보여줘"라고 남성의 꿈을 소설로 이루는 것.

그 때문에 캐릭터를 제대로 설정할 필요가 있다. 캐릭터 설정 테크닉은 세 가지다.

— 에센스 법

— 이력서를 쓴다

— 캐릭터 시트를 쓴다

순서대로 설명하겠다.

에센스 법

에센스 법은 게임이나 애니메이션 만화, 드라마에 나오는 여주인공에서 에센스를 뽑아 자신의 감정을 통해서 완전히 새로운 캐릭터를 만드는 방법이다. 다음 쪽에 에센스 시트를 실었으니 복사하여 사용하자.

캐릭터 에센스 시트

(1) 게임이나 애니메이션, 만화, 드라마, 그라비아 아이돌, 아이돌 가수, 여배우 등 "예쁘다" "멋있다"고 생각한 여성을 생각나는 대로 써낸다.

(예: 2인조 연예인인 카노 자매의 쿄코, 노기자카46의 센터, 『일곱 개의 대죄』의 디안느, 여배우인 요시나가 사유리)

. . . .

(2) 그녀들의 어느 부분이 매력적이었는지 써주세요.

(예: 고저스, 풍만한 가슴, 셀러브리티, 품위, 친근함, 솔직함, 다정할 것 같음, 보디가드, 모피코트, 머리가 좋다.)

. . . .

(3) 질문(2)의 에센스에서 당신이 멋있다고 생각한 부분을 뽑아내어 문장을 완성해주세요.

(예: 품위 있고 고저스하고 풍만하고, 드레스에 모피 코트가 어울리는 재벌 아가씨. 돈이 많은데도 고압적이지 않고 다른 사람의 충고에 잘 귀기울여준다. 훈훈한 외모의 보디가드가 있고, 집사처럼 검은 곳을 몸에 휘감으며 리무진으로 배웅해준다.)

1) 게임이나 애니메이션, 만화, 드라마, 그라비아 아이돌, 아이돌 가수, 여배우 등 "예쁘다" "멋있다."고 생각한 여성을 생각나는 대로 써낸다.(예: 2인조 연예인인 카노 자매의 쿄코, 노기자카46의 센터, 『일곱 개의 대죄』의 디안느, 여배우인 요시나가 사유리)

2) 그녀들의 어디가 매력적인지 쓴다.

카노자매의 쿄코를 예로 설명하겠다. 쿄코의 매력은 고져스함, 풍만한 가슴, 셀레브리티라는 점, 고상하다, 모피가 어울린다. 또 이와는 달리 고압적이지 않고, 다른 사람이 말하는 것을 잘 들어준다. 잘못을 타이르면 사과할 것 같다. 게다가 만화를 좋아한다는 귀여운 면도 있고, 자신의 경호원을 기다려준다. 대화의 곳곳에서 머리가 좋다는 점이 보였다 안 보였다 한다.

에센스만을 뽑아낸다.

고져스, 풍만한 가슴, 유명인, 고상, 친해지기 쉬움, 솔직, 다정할 것 같다, 기다려줌, 경호원, 모피 코트, 머리가 좋다.

3) 질문 2)의 에센스에서, 당신이 멋있다고 생각한 것을 뽑아내어 문장을 보충한다.

자, 이것으로 캐릭터 설정이 끝났다. 위의 3)의 여주인공과 주인공이 만나려면 어떤 계기가 있어야 할까?

여주인공은 경호원의 눈을 피해 도망가는 것으로 할까? 주인공은 여주인공을 숨겨주는 것으로 할까? 로마의 휴일처럼 이야기가 진행된다. 설명을 간략화하기 위해서 카노 자매만으로 이야기를 만들어봤지만 여러 여주인공에서 에센스를 뽑아내는 편이 캐릭터 설정이 복잡해진다.

이렇게 쓰면 와카쓰키는 도작을 장려하는 건가, 하는 사람이 등장할지도 모르지만, 소설, 드라마, 애니메이션을 보고 당신이라는 필터를 통과하여 완전히 다른 캐릭터를 만들어내면, 그것은 당신의 오리지널이 되는 것이다.

작가는 무에서 유를 만들어내는 것이 아니라 자신의 경험과 게임, 드라마, 영화 등을 꺼내어 적절히 뽑아내고, 자신의 감정이라는 필터를 통해서 오리지널 소설을 쓴다. 당신이 당신의 감정으로 카노 자매를 바탕으로 캐릭터를 만들어냈을 때 그것은 당신의 오리지널 캐릭터인 것이다.

에센스 법은 캐릭터 주도로 이야기를 만드는 방법으로써 굉장히 유효하다.

캐릭터
이력서

캐릭터 이력서는 등장인물 한 명에게 한 장의 이력서를 쓰는 것이다. 시중의 이력서보다 좀 더 간략한 것이다. 이력서를 써 두면 쓰는 중에 캐릭터가 무너질 일은 없다. 이력서는 흔히 보는 것이 아니라, 나는 소설용 이력서를 만들어 사용한다.

혈액형은 꼭 써둔다. O형은 느긋하고, B형은 괴짜라거나 그 등장인물에 어울리는 혈액형이 있다. 캐릭터 이력서를 실어두었으니 복사해서 쓰자.

캐릭터 이력서

이름		별명		
생년월일			성별	혈액형
	년 월 일생(만 세)		남 · 녀	A · B · O · AB
주소				

연도	월	학력 · 경력

연도	월	면허 · 자격

캐릭터
상세 시트

캐릭터 상세 세트는 등장인물의 성격, 외양, 취향을 종이에 써내려가는 것이다. 나는 소셜 게임의 시나리오 작가를 한 적이 있는데 일에 들어가기 전에 게임 회사에서 캐릭터 상세 시트를 받았다. 캐릭터 상세 시트는 등장인물의 특징을 쓰는 시트다.

게임 하나를 다수의 라이터가 쓰기 때문에 등장인물의 말버 릇과 성격을 통일할 필요가 있기 때문이다.

게다가 소셜 게임은 등장인물이 많아서 캐릭터 상세 시트가 필요하다. 시나리오 교실에서는 등장인물에게 인터뷰하는 방법을 배웠다.

좋아하는 음식은 무엇인가요?

싫어하는 음식은 무엇인가요?

말버릇은 무엇인가요?

등장인물에게 인터뷰를 하는 것으로 성격과 사고방식, 외형을 또렷이 하는 방법이다. 등장인물 인터뷰를 간이 인터뷰처럼 만든 것이 캐릭터 상세 시트다. 소설을 쓰기 전에 캐릭터 상세 시트를 써두면, 캐릭터가 붕괴되지 않고 쓰기 쉬워진다. 다음 페이지에 캐릭터 상세 시트를 실어두었으니, 복사해 사용하자.

주의해야 할 포인트는 프레임워크를 짤 때 결정했으니, 세부사항은 뒤로 미루는 것이다. 디테일부터 정해나가면 캐릭터가 희미해진다. 에센스 시트는 사용하지 않아도 되지만, 캐릭터 이력서와 상세 시트는 등장인물 한 명 한 명 만들어두는 편이 좋다.

소설을 쓰기 전에 이렇게 많은 것을 하는 것인가? 귀찮다. 그런 생각이 들 수도 있다.

나는 집필 자체는 장편소설 한 권을 1개월 동안 쓰지만, 기획서를 쓰거나 등장인물의 이력서, 캐릭터 시트 등의 작성은 2개월 이상 걸린다. 집필의 배 이상의 기간인데, 경우에 따라서는 3배의 시간을 사전 준비로 소비한다.

캐릭터가 단단해지고 스토리가 전부 머릿속에 들어간 다음 소설을 쓰는 것이기 때문에 집필기간이 짧아지는 것이다.

캐릭터 상세 시트

이름(닉네임)

성격(예: 기가 세다, 다정하다, 용기가 있다, 보통의 소년)

1인칭(예: 나, 저)

다른 사람은 뭐라고 부르는가?(예: 과장님, 요시타카)

직업

학생일 때는 어떤 그룹에 속했는가?

가족은?

직장(학교)에는 어떻게 다니는가?(예: 자전거)

복장(예: 유니폼, 간호사복 등)

탤런트나 애니메이션 캐릭터에서 닮은 사람은 누구인가?

외양적 특징(예: 웃으면 눈이 실처럼 가늘어진다 등)

운동을 좋아하나? 어떤 운동을 하는가?

독서는 좋아하나? 어떤 책을 읽는가?

입버릇(예: 나른해)

좋아하는 요리(예: 아주 매운 카레)

싫어하는 실재료(예: 피망)

취미(예: 과자 만들기)

특기(예: 요리)

왜 그 특기를 가지고 있는가?(예: 자취생활을 하니까)

정석 여주인공은
무엇인가?

이미 쓴 대로, 유튜버나 라운드걸, 창녀, 헤픈 여주인공 등은 기획서가 통과되기 어렵다. 대다수가 좋아하는 캐릭터인 편이 역시 잘 팔리기 좋고, 평가는 높아진다. 그럼 정석 히로인이란 무엇인가? 생각나는 대로 들어보겠다.

프랑스서원 등의 성인용 포르노 소설

여교사, 간호사, 스튜어디스, 이웃의 아내, 젊은 아내, 신부, 형수, 의붓 엄마, 의붓 여동생, 의붓 누나, 시스터, 무녀, 여성과

장, 여성사장, 여자 가라데 선수, 미망인, 가정부(메이드), 영애(아가씨), 여대생, 여자 아나운서, 보모, 원숙한 여자.

미소녀문고 등의 쥬브나일 포르노

메이드, 학생회장, 학급위원, 안경녀, 쌍둥이, 선생님, 의붓 누나, 의붓 여동생, 엘프, 공주님, 부잣집 아가씨, 여신, 무녀, 신혼여성, 가정교사, 수녀님, 아이돌.

정석 히로인은 시대에 따라 변화되고 있다. 현재, 성인용 포르노 소설에서는 가정부나 가사 도우미가 인기이지만, 10년 전에는 볼 수 없었던 캐릭터다. 남성독자가 피로해져서 신세를 지는 다정한 여인에게 동경을 느끼는 것은 아닐까?

쥬브나일 포르노에서는 엘프가 인기이지만, 10년 전에는 볼 수 없었던 등장인물이었다. 엘프의 신비로운 미모와 온화한 분위기가 매력적으로 보이는 것이겠다.

정석이란 중요하다. 하지만 시대는 변한다. 당신은 당신이 좋아하는 여주인공을 쓰자. 당신이 좋아하는 여주인공이 비록 지금의 주류가 아니라 해도, 당신이 좋아하는 여주인공이 인기 있는 시대가 언젠가 올 것이다.

당신이 좋아하는
여주인공이 왕도다

　당신은 아이돌을 좋아하는가? "최애" 아이돌 멤버를 상위권으로 올리고 싶어서 CD를 몇십 장이나 사는가? 콘서트와 악수회에 가서 굿즈를 산처럼 사는가? 만약 당신이 그렇다면 당신은 아이돌 가수를 여주인공으로 이야기를 써야 한다.

　당신은 아이돌의 어떤 점을 좋아하는가?

　열심히 분발하는 면인가? 하늘하늘한 의상인가? 강한 빛을 품은 눈동자인가? 찰랑이는 검은 머리인가? 춤추는 모습인가? 노래가 좋은가? 아이돌 그룹의 모든 멤버와 사이가 좋은 듯이 보이는 면인가?

아마 당신은 아이돌의 좋은 점에 대해 말하면 멈출 수 없을 것이다. 당신은 아이돌이 왜 매력적인 걸까 알고 있기 때문이다. 그리고 그것은 당신의 무기가 된다.

우리들 작가는 편집자로부터 "○○여주인공으로 써주세요" 하는 말을 들을지도 모른다. 편집부로서도 여교사물만 세 권을 같은 발매일에 출판하는 것은 피하고 싶을 것이다. 여교사물 세 권을 동시발매하면, 잘 팔리는 책, 그럭저럭 팔리는 책, 전혀 팔리지 않은 책으로 나뉜다.

그렇다면 다양한 여주인공을 출판하는 편이 좋다. 그 때문에 아이돌에는 흥미가 없는 작가가 편집부의 지시로 아이돌물을 쓰는 일이 일어난다. 시간도 없는데, 그다지 관심 없는 여주인공을 쓰면 겉만 대충 핥은 소설이 된다.

이런 예가 있다. 프로가 쓴 쥬브나일 포르노에서 '안경녀'만을 여주인공으로 하는 소설이 있었다. 나는 그것을 읽고 편집부가 쓰라고 해서 마지못해 썼구나, 하고 생각했다. 여주인공이 안경을 걸치기만 했기 때문이다.

안경녀가 왜 매력적인 것인가? 이지적이고, 성실할 것 같은 분위기가 있기 때문이다. 냉철하고, 사람을 거부하는 것 같은 그녀가 주인공에게만큼은 아양을 떤다. 안경을 벗었을 때의 얼굴은 주인공밖에 알지 못한다는 독점욕도 만족할 수 있다. 혹은 조금 촌스러운 면이 남성독자의 보호본능을 불러일으키는지도 모른다.

이러한 "왜 매력적인가?" 하는 매력의 본질 부분을 이해하지 못한 채 겉핥기로 써서는 분출 가능한 소설을 만들 수 없다.

프로 작가는 소설 창작이 익숙하고, 그럭저럭 잘 써낸다. 마음은 어딘가 다른 곳에 가 있고, 겉만 핥고 테크닉으로 채운, 그것뿐인 소설을 만들어내 버린다.

아마추어인 당신의 소설은 프로 작가가 잔재주로 쓴 것과 비교해서 변변치 않을지도 모른다. 하지만 아이돌 악수회에 가서 콘서트를 찾아다니고, CD를 몇십 장이나 사는 당신의 소설 쪽이 여주인공이 더 생생하게 살아 있다.

"나는 아이돌이 좋다"는 당신의 열의는 같은 취향인 독자에게 꽂힐 것이다. 포르노 소설은 기술이 아니라, 작가의 열의로 팔린다는 것이 나의 생각이다.

야한 문장은
이렇게 쓴다

포르노 소설은
특수한 장르다

　포르노 소설에는 일반소설에는 없는 특징이 있다. 그것은 에로 신을 쓰고 독자에게 개운한 기분을 선사한다는 것이다.

　예를 들어, 아무리 문장력이 높다고 해도, 아무리 이야기가 파란만장하다고 해도, 아무리 문학성이 높다고 해도 분출되지 않는 포르노 소설은 의미가 없다. 그 때문에 소설로서는 사도이지만, 관능성을 높이기 위해 일부러 소설기법을 무시하고 쓰는 경우가 있다.

　이 장에서는 본래의 소설기법과 포르노 소설이라면 어떻게 쓰는지 양쪽을 설명하겠다. 또한 일반소설보다도 강조해야 하는 부분에 대해 설명한다.

에로 신은
시점이 이동해도 된다

우선은 소설 기본부터. 본래 소설기법에서는 인칭과 시점은 통일할 필요가 있다. 인칭에는 1인칭, 2인칭, 3인칭이 있다.

· 1인칭

나는~ 저는~

배고프네. 나는 냉장고를 뒤졌다.
저는 화가 났어요. 왜 제가, 쉬고 있는 파견사원이 할 일을 해야만 하나요? 저는 컴퓨터 향해 맹렬히 전표를 입력했습니다.

· 2인칭

그대는, 여러분은, 당신은, 너는, 귀하는

> 너는 일의 엄격함에 그 자리에서 꼼짝 못할 것이다.
> 여러분, 지금이야말로 일어서야 할 때다.

· 3인칭

그는, 그녀는, 유리에는, 아오키 사장님은, 교장 선생님은, 하세가와는, 아키히로는

> 그녀는 뜯어낸다.
> 하세가와는 아내인 유리에를 마주 보았다.

이 중, 2인칭은 소설에서는 적합하지 않다. 아쿠타가와상 수상작 「손톱과 눈」(가오리 후지노 지음)이, 드물게 2인칭 소설이지만, 아쿠타가와상에 도전할 것이 아니라면 안 하는 것이 무난하다. 포르노 소설에서는 2인칭 소설은 NG다.

1인칭으로 쓸 때는 1인칭으로 통일하자. 3인칭으로 쓸 때는, 3인칭으로 통일하자. 같은 행 안에서 1인칭과 3인칭이 혼재되면 독자는 혼란스럽다.

> 저는 화가 났어요. 어째서 토코가 휴무 중인 파견사원이 할 일을 해야만 하나요? 저는 컴퓨터를 향해 맹렬히 전표를 입력했습니다.

이렇게 쓰면 저와 토코가 동일인물이라는 생각은 못하고, 저와 토코, 두 명이 있다고 읽혀버려 무슨 말인지 모르게 된다.

시점에는 전지적 작가 시점과 일원시점이 있다. 전지적 작가 시점은 흡사 높은 곳에서부터 밑으로 내려다보는 것처럼, 모든 등장인물이 생각하고 있는 것과 보는 내용을 쓰는 방법이다.

> 메로스의 16세의 누이도 오늘은 형 대신 양떼의 파수꾼을 하고 있다. 비틀거리며 쓰러질 듯 걸어오는 형의 기진맥진한 모습을 발견하고 놀랐다. 그리하여 부산스럽게 형에게 질문을 퍼부었다. "아무 일도 아니야." 메로스는 애써 웃으려 노력했다. (「달려라 메로스」, 다자이 오사무)

누이가 본 메로스의 모습과, 누이가 놀란 감정을 쓴 뒤에 메로스의 기분도 썼다. "부산스럽게 형에게 질문을 퍼부었다"까지는 여동생 시점. "아무것도 아니야"부터는 메로스 시점이다.

메로스 입장에서는 여동생의 마음속은 알 수 없고, 여동생 입장에서는 메로스가 생각하고 있는 것을 알 수 없다. 알 수 있는 것은 신뿐이다. 흡사 신이 쓰는 것 같은 글쓰기 방법을 전지적 작가 시점이라고 한다.

일원시점은 한 인물이 보는 시점으로 보통 주인공, 즉 메로스가 보는 것만을 쓰는 방법이다. 앞 문장을 메로스의 3인칭 주인공 시점으로 고쳐 써보겠다.

메로스는 양몰이 파수꾼을 하고 있는 여동생을 보고 안심했다. 16세의 여동생은 놀란 모양으로, 메로스에게 부산스럽게 질문을 퍼부어온다. "아무것도 아냐." 기진맥진했지만 메로스는 애써 웃으려 노력했다.

「달려라 메로스」는 1940년 발표되었다. 옛날에는 전지적 작가 시점으로 쓰는 것이 보통이었지만, 지금은 대개 일원시점이다. 전쟁 전 독서는 작가라는 신의 모형 정원을 즐기는 것이었다. 하지만 전후, 서양의 개인주의 사고방식이 퍼져 독자는 주인공이 되어 즐기는 오락을 변화했다. 작가는 신이 아니고, 독자라는 오락의 제공자로 바뀐 것이다. 포르노 소설은 문예도, 문학도 아니다. 포르노 작가는 포르노 소설이라는 오락의 제작자다. 포르노 소설은 독자=주인공이어야 한다. 매력적인 여자와 섹스할 수 있는 즐거움을 독자에게 제공하자.

전지적 작가 시점은
남자에게 좋은 걸까,
여자에게 좋은 걸까?

포르노 소설은 독자가 주인공이 되어 야한 체험을 즐기는 이야기이다. 여성향 소설은 주인공을 여성, 남성용 포르노 소설은 주인공을 남성으로 해야만 한다. 하지만, 일원시점에서는 주인공 시점으로밖에 이야기가 전개될 수 없기 때문에 야함 지수가 떨어진다. 남성독자는 남성이 느끼는 모습만이 아니라 여주인공이 느끼는 묘사를 읽고 싶어 한다.

남성독자로 여주인공에게 감정이입하여 읽는 사람도 있는 것이다. AV에서도, 에로만화에서도, 현실의 섹스에서도 여주인공이 기분 좋아지는 모습은 포르노 소설에서밖에 읽을 수 없다. 여주인공이 어떤 풍으로 느끼는가, 어떤 풍으로 절정에 이르는 가는 포르노 소설에 있어 재밌게 읽히는 부분이다.

그 때문에 프로작가는 에로 신만 전지적 작가 시점으로 쓰거나 빈번히 시점 이동을 하는 것이다. 소설의 글쓰기로써는 사도이지만, 야함을 추구하기 위해서 일부러 하고 있는 것이다.

하지만 신인이라면 시점의 혼란이 있는 소설을 투고하면 편집자는 "무슨 말인지 모르겠는데" 한다. 형편없어 보일 수 있는 것이다.

신인이 포르노 소설을 투고한다면 한 행을 비워서 여기서부터 시점이 바뀐다는 것을 표시해준 뒤, 여주인공 시점으로 소설을 쓰자.

포르노 소설을 시작할 때는
사체를 옮기지 않아도 된다

서두에서 사체를 옮기지 말자.

시나리오 교실에 다닐 때 배운 말이다. 당시는 감이 오지 않았는데, 최종 심사 작품을 읽거나 소설교실을 하게 되니 처음으로 무슨 뜻인지 알게 되었다. 포르노 소설을 미스터리 소설처럼 쓰지 말자는 말이다.

초심자의 소설은 재미있어지기까지 시간이 필요하다. 수상 후보 읽기(1차 심사)를 할 때, 많이 읽은 것이 이런 글쓰기다.

> 따르르릉—
> 알람 시계의 벨이 울렸다.

　따르르릉으로 시작하는 투고작이 많았다. 또 이 문장인가, 하고 맥이 빠져버린다. 투고작의 10% 정도는 따르르릉이다. 그와 그녀가 전철 안에서 만나 연애하는 이야기인데, 그가 알람 시계의 벨소리로 눈을 뜨고, 세수를 하고, 이를 닦고, 정장을 입고, 계란프라이를 만들고 아침 식사를 하고, 식기를 씻고, 문을 잠근다. 이러한 일상의 지루한 신이 몇십 장이나 계속되어 맥이 빠질 즈음 그제야 그와 그녀가 전철에서 만난다.

　처음부터 그와 그녀가 만나는 신이었다면 좋았을 거라고 생각한다. 후보 작품은 모두 읽지만, 독자는 시작이 지루하면 사지 않는다. 서점에서 표지를 보고, 뒤표지의 줄거리를 읽고 서두를 약간 읽고는 계산대로 가져갈지 말지를 결정한다.

　당신의 소설이 아무리 매력적이라도 서두에서 독자를 끌어당기지 못하면 독자는 읽어주지 않는다. 재미있는 신을 꺼내기를 아까워하지 말고 처음부터 보여줘라. 미스터리는 처음부터 살인을, 연애소설은 처음부터 만남을, 시대소설은 처음부터 난투극을 보여준다. 독자를 끌어당기는 것이다.

여기까지가 원래의 소설기법이다.

그럼 포르노 소설의 서두는 에로 신으로 시작해야 하는 것일까?

결론부터 말하면 여성편력물이나 조교물 등 일부 소설 이외에는 야한 신부터 시작하지 않는 편이 좋다.

여주인공 캐릭터 설정이 완성되지 않을 때에 나신을 보여주면 감흥이 없다. 아무래도 좋을 여자와 주인공이 격렬해진다 한들 야함이 없다고 생각하진 않은가? 또한 포르노 소설의 독자는 서서 읽지 않는다. 표지만을 보고 훅 하고 산다. '서'버린 채로 읽게 되기 때문이다.

거듭 얘기하게 되지만, 포르노 소설은 캐릭터 소설이다. 서두에서 써야 하는 것은 여주인공의 매력이다. 그녀가 얼마만큼 아름답고 얼마만큼 청초하고 예쁜가를 써야 한다. 그리고 독자를 여주인공에게 반하게 만드는 것이다.

포르노 소설은 서두에서 사체를 옮기지 않는 것이 좋다.

기분 좋았다고 쓰지 말고, 기분이 좋은 모습을 쓰자

설명을 하지 마라, 묘사를 하라.

이것은 내가 25년 정도 전, 소설 교실에 다닐 때, 선생님이 말씀하셨던 말이다. 선생님은 순수문학가였다. 설명을 하지 마라, 묘사를 하라는 말은 일반소설을 쓰는 과정에서의 룰이다. 앞서 묘사에는 정경묘사, 심리묘사, 외견묘사가 있다고 썼는데, 설명이라는 건 무엇일까?

밖으로 나오니 더웠다. 아지랑이가 피어올랐다.

　이것이 설명이다. 설명이라는 것은 비즈니스문서와 사용설명서에서 자주 볼 수 있다. 감정을 섞지 않고, 논지를 명쾌하게 하고, 간결하게 만든 문장이다. 의미는 전달되지만, 그뿐이다.
　앞의 문장을 묘사해보자.

냉방이 된 빌딩에서 나왔더니 훅 하고 장마가 끝났음을 알리는 공기가 나를 감쌌다. 7월 초 특유의 비릿한 냄새와 사우나에 들어온 듯한 바깥 공기를 맞아 정장이 금세 땀으로 젖었다. 안경 안쪽이 하얀 김으로 자욱해졌다. 주변 풍경이 흔들려 보였다. 뜨거워진 아스팔트 지면에서 아지랑이가 피어오른 탓이다.

　덥다는 말은 한마디도 쓰이지 않았지만, 숨 쉬기 힘들 정도의 더위가 전달된다. 소설은 문자밖에 없지만, 정경, 심리, 외견을 묘사하는 것으로 비주얼과 감촉을 갖고 들어오는 것이다. 포르노 소설은 일반소설 이상으로 묘사가 중요한 장르다.
　여주인공의 귀여움을 표현하려면 외양만큼이나 내면도 묘사해야 한다. 한창 섹스하는 중에 있는 여주인공의 흐트러진 모습이나 가슴이 탱탱하게 흔들리는 모습, 그녀의 눈가가 빨갛게 물드는 모습, 도취된 표정, 땀범벅이 된 피부와 그 손에 달라붙은 듯한 촉촉한 느낌, 여성 특유의 달고도 시큼한 땀 냄새, 찰랑이는 흑발의 차가운 감촉을 써라.

> 삽입해서 기분 좋았다.

이렇게 쓰지 말고 묘사를 하라.

> 쿡 하고 허리를 밀어붙이니, 끄트머리가 질 입구에 들어가 박혔다. 빡빡하게 안쪽을 오므리고 있는 질벽을, 귀두의 끝으로 가르듯이 들어간다. 이윽고 가장 안쪽에 도달했다.
> 뜨겁게 끓어오른 달콤한 아래쪽이 물건을 부드럽게 감싼다.

어떤가? 기분 좋아 보이지 않는가? 여러분도, 묘사를 쌓아올려서, 기분 좋은 문장을 써보자.

주어를 보충하여
구체적으로 쓴다

나쁜 예를 먼저 들어보자.

책장 앞에 서서 책을 고르고 있다.

소설 문장, 특히 포르노 소설 문장으로서는 NG다. 어디가 나쁜 건지 알겠는가? 설명이 되어버려서? 바로 그것이다.

하나 더 있다. 주어가 없어 구체적이지 않아서다. 누가 어디에서 어떤 책을 고르고 있는지 쓰여 있지 않다. 독자는 이름도 모르는 주인공에게 공감할 수 없다.

유리코는 서점의 책장 앞에 서서 명절 요리 책을 고르고 있다.

이렇게 하면, 유리코는 명절요리를 처음 만드는 신혼 여성일수 있다. 앞치마가 어울릴 것 같은 청초하고 예쁜 여성이겠다.

에리카는 대학교 도서관의 형사소송법 서가 앞에 서서 판례집을 고르고 있다.

이렇게 하면 법대 대학원에 다니는 재원이 사법시험을 위해공부하고 있는 것 같다.

이름과 어떤 책을 고르는가는 캐릭터 설정의 중요한 요소다. 가급적 구체적으로 쓴다. 주어를 생략할 수 있는 언어에서는 주어를 생략해 쓰는 사람이 있어 초심자 소설에는 주인공의 이름이 좀처럼 나오지 않는 경우가 있다.

아쿠타가와상 수상작인 「죽지 않은 자」(다키구치 유쇼 지음)가주어를 일부러 쓰지 않고, 내래이션을 모호하게 하는 글쓰기를 했다. 일반 소설에서는 주어는 생략하는 편이 좋다는 의견도 있다. 장황해지기 때문이라고 한다.

하지만 포르노 소설은 독자가 남성 주인공에게 공감하여 여주인공과 섹스하는 쾌감을 의사 체험하는 소설이다.

주어는 생략하지 않고 구체적으로 쓰고, 여주인공의 캐릭터 성립은 또렷히 하기 바란다.

7장

포르노 소설
습작 노트

묘사
연습을 하자

포르노 소설은 묘사가 중요한 장르다. 정경묘사는 적당한 정도가 좋지만, 외양묘사와(섹스로 연결되는) 심리묘사는 확실히 쓴다. 묘사는 하루아침에 잘하게 되지 않는다. 묘사의 연습 방법에는 다음과 같은 것이 있다. 아름답다고 쓰는 것이 아니라 그녀의 아름다운 모습을 써보자.

기모노 차림으로 서 있는 그녀는 고쇼인형 같은 미모의 아가씨였다. 부드러운 호를 그리는 눈썹에 가늘고 긴 눈매에 담긴 눈동자, 도드라져 보이는 콧날, 벚꽃 잎 같은 입술, 말끔하게 아래로 떨어지는 흑발. 잘 정돈된 생김새를 지닌 소녀에게 있을 법한 오만함이 없는 것은 그녀에게 걸쳐진 어딘가 고풍스러움으로 휘감은 분위기 탓일지도 모른다.

이렇게 쓰니 유연한 분위기의 일본식 소녀가 되었고, 다음과 같이 쓰면 야무진 재원이 된다.

얼굴 생김은 귀엽다 생각되는 균형감이 있지만, 그녀의 표정에는 애교라고는 없었다. 강한 빛을 담은 검은 눈동자는 천재 과학자의 두각을 나타내는 자신과 아우라가 느껴졌다. 흰 옷 주머니에 손을 찔러 넣은 무심한 모습은 어른스러워 보였지만, 그녀는 아직 25살인 것이다.

등장인물의 외양을 쓰는 것은 캐릭터 설정으로 이어진다. 일본식 미소녀가 흰 옷을 입은 모습은 이상하고, 천재 과학자가 기모노를 입었다 해도 이상하다.

이 외에도 다음과 같은 연습을 해보자.

춥다고 쓰지 말고 추운 모습을, 맛있다고 쓰지 말고 맛있는 모양을, 슬프다고 쓰지 말고 슬픈 모습을, 기쁘다고 쓰지 말고,

기쁜 모습을, 분하다고 쓰지 말고 분한 모습을, 외롭다고 쓰지
말고 외로운 모습을 쓰자.

나는 데뷔하기 전에 책을 읽고선 잘한다고 생각한 묘사가 있
으면, 창작 노트에 옮겨 써두었다. 묘사가 어려운 사람은 '일본
어 표현 인포'<sup>한국어 유의어 사전-http://www.wordnet.co.kr/, 유료. 혹은 네이버 국어사전의 유의
어 반의어 항목</sup>를 참고하자. '예쁘다'를 검색하면

무당벌레처럼 아름답게   요시다 슈이치 『악인』에 수록

등 소설에서 쓰인 예쁘다의 용례가 나온다. 『악인』은 나도
읽어봤지만, 소개팅 사이트에서 알게 된 손님이 상대의 여성을
'무당벌레처럼 아름답게 보였다'라고 평가하는 장면이다. 무당
벌레처럼이라는 묘사는 별로 등장하지 않는 문장이기 때문에
인상적이서어 창작노트에 옮겨 써둔 기억이 있다.

이 사이트는 굉장히 편리하지만, 참고가 되는 만큼만 썼으면
한다. 그대로 쓰는 것은 안 된다. 묘사는 그림으로는 데생, 무대
로 하면 배우의 연기력에 해당한다. 묘사 연습을 하면 필력이
확실히 는다.

창작 노트를
갖고 다닌다

  소설 같은 것을 쓸 이야깃거리가 없다는 생각을 한다면, 이
야기 수첩(창작노트)을 갖고 다니면 어떨까? 나는 볼펜을 끼워
두는 수첩을 갖고 다니며 창작노트를 쓴다. 100엔 균일로 팔고
있는 3권에 108엔짜리 노트다. 유니버설 스튜디오 재팬과 디즈
니랜드에서 받은 스티커로 꾸며놓았다.

  장편소설을 쓸 때는 다음 전개나 대사를 메모하거나 텔레비
전을 보고 이상하다고 느낀 것, 카페에서 들은 연인들의 대화,
본 영화의 감상, 읽은 소설에서 대단하다고 생각한 심리묘사를

쓰거나, 전철에서 들은 여고생들의 대화를 메모한다.

박물관에 갔을 때나 강연회를 들으러 가면 수첩을 다 써버릴 정도로 메모를 한다. 나만 알면 되니까, 메모는 그냥 휘갈겨 쓴다. 그리고 소설을 쓰고 있고 전개를 고민할 때나 기획서가 정리되지 않을 때면 노트를 바라본다.

작가는 무에서 유를 창조해내는 것이 아니라 인생경험, 독서, 영화감상, 음악, 게임, 드라마, 애니메이션 등 자신 안에 담아두고, 알맞게 꺼내어 창작한다. 담아둔 것들을 나라는 필터를 통해 완전히 새로운 창작물로 재구성하는 것이다.

노트하는 행위는 내 안에 담아두는 행위다.

「달려라 메로스」를
일원시점으로 다시 써보자
(시점 연습법)

시점을 고정하는 문장을 쓰는 연습에는 「달려라 메로스」를 메로스 시점으로 다시 쓰는 연습이 있다. 「달려라 메로스」는 거의가 메로스 시점으로 쓰여 있기는 하지만, 부분부분 폭군 디오니스 왕의 시점이 되거나 여동생 시점이 되기도 한다. 「달려라 메로스」를 폭군 디오니스 왕의 시점으로 다시 쓰는 것이다. 혹은 친구인 세리눈티우스를 주인공으로 다시 써도 좋다. 메로스가 오지 않으면 자신이 처형당하는 긴박함 속에서 메로스를 믿고 기다리는 세리눈티우스의 불안을 묘사하는 것이다.

문호의 소설을 다시 쓰는 것인가, 하고 놀란 분도 있을 리라 생각한다. 소설은 시대에 맞춰 변하고 있다. 인터넷에서는 「아오조라 문고」(http://www.aozora.gr.jp/cards/000035/files/1567_14913.html)에 전문이 게재되어 있다. 아오조라 문고는 저작권이 없는 소설을 게재하는 사이트다.^{공유마당(https://gongu.copyright.or.kr)에서 국내 저작권이 만료된 여러 텍스트를 확인할 수 있다.}

애니메이션, 만화, 영화, 드라마에서
'쓰여 있지 않은 에로 신'을 쓴다

　포르노 소설의 꽃은 에로 신이다. 에로 신은 관능적으로 써야 한다. 에로 신을 연습할 때는 전 연령이 보는 드라마나 애니메이션을 보고, 쓰여 있지 않은 에로 신을 쓰는 방법이 있다. 마치 2차 창작하는 것처럼. 원작의 여주인공을 그대로 쓰는 것이 아니라, 여주인공의 매력의 본질만을 가져와서 당신이라는 필터를 거쳐 캐릭터를 다시 설정하는 것이다. 당신의 취향이 녹아 있는 캐릭터를 여주인공 삼고, 당신을 주인공으로 하여 에로 신을 연습하는 것이다.

이것은 매우 즐거운 작업이다. 꼭 해봤으면 한다. 즐겁게 연습하여 실력이 올라갔으면 좋겠다.

필사하기

문장 연습은 필사가 효과가 있다 한 작품을 전부 필사하는 것이다. 수고스럽겠다고 생각되지만, 컴퓨터로 해도 괜찮으니, 처음부터 끝까지 전부 필사하자. 거짓말처럼 문장이 좋아진다. 소설을 쓸 때 하나하나 생각하면서 문장을 쓰는 것이 아니라 머릿속에서 이미지를 떠올림과 동시에 손가락 끝에서 글자가 나간다.

여러분도 블로그나 트위터를 쓸 때 혹은 대학 논문과 고교 작문, 회사의 보고서를 쓸 때 생각하는 것을 바로 글자로 치지 않는가? 블로그는 얼마든지 쓸 수 있는데, 소설을 쓰려고 하면 멈춰버려 아무것도 쓸 수 없게 되지는 않는가?

그것은 여러분의 머릿속에 소설을 쓰기 위한 소프트웨어가 들어가 있지 않기 때문이다.

당신이 보고서를 쓸 수 있는 것은 보고서를 많이 읽었기 때문이다. 보고서를 쓰기 위한 소프트웨어가 머릿속에 탑재되어 있기 때문에 생각하는 속도로 글자를 칠 수 있다는 것이다. 당신이 트윗을 날릴 수 있는 것은 트위터를 사용하고 있기 때문이다. 몇만 번이나 트위터를 읽었기 때문이다. 그런데 소설만은, 머릿속에 소프트웨어가 만들어져 있기 않은 것은 무슨 이유에서일까?

인간은 책을 읽을 때 한 단어 한 문장 전부 읽는 것이 아니다. 대사를 읽고, 정경묘사는 날리며 읽는다. 눈이 미끄러져서 문장을 읽고 날려버리기도 한다. 오자는 머릿속에서 수정되어 읽힌다. 쓰는 것은 진지해도 읽는 것은 오락이기 때문에 적당히 읽고 날리는 것이 당연하다.

필사를 하면 독자 입장이었을 때 읽고 날리는 정경묘사를 알 수 있다. 문장을 한 글자 한 글자 쓰며 베끼는 행위를 함에 따라서 머릿속에 소설 소프트웨어가 설치된다. 하지만, 필사는 그 작품의 나쁜 점도 익히게 되어버려 교과서 선정에 주의해야 한다. 선정한 책은 당신이 읽은 책 중에 이런 소설을 쓰고 싶다고 생각한 한 작품으로 한다.

만약(if)을 생각한
스토리 트레이닝

포르노뿐만 아니라 일반소설 집필에서 도움이 되는 방법이다.

한 편으로 완결이 되는 영화나 드라마, 애니메이션을 볼 때마다, 혹은 소설을 읽을 때마다 창작 노트에 줄거리를 써본다. 이 줄거리를 바탕으로 삼아 이프[*]를 생각하는 것이다.

나라면 이렇게 한다, 라고 생각하기.

조연을 주인공으로 한 줄거리로 고쳐 쓰기.

여기에서 ××가 일어났다면 어떻게 되는지 이프를 생각하기.

영화를 보면 이렇게 하면 재밌을 텐데, 여기서 도움을 준다면 멋있을 텐데, 하는 부분이 떠오른다. 나라면 이렇게 한다는 부분을 더하여 줄거리를 좀 더 재미있는 이야기로 만들도록 고쳐 쓰는 것이다.

　스토리의 '만약'을 생각하는 것도 트레이닝에 효과가 있다. 메로스는 강이 범람하여 길이 막혔지만, 만약 여기서 강을 건널 수 없어서 하류로 떠내려가면 어떻게 되는 걸까? 자신을 덮친 도둑과 의기투합하면 어떻게 될까? 이런 생각들이다.

　나는 특수촬영물을 좋아하는데, 특히 전대물을 좋아한다. 전대물은 한 편이 30분으로 끝난다. 그렇기 때문에 스토리 트레이닝에 딱 맞았다. 특수촬영물을 보면서 창작노트에 줄거리를 쓰고 있다.

　나는 지금도 창작노트를 갖고 다니면서 영화를 보거나 소설을 읽거나 드라마를 볼 때마다 줄거리를 써둔다.

8장

소설을
다 썼다면

퇴고를 하자

다 쓰고 나서 바로 퇴고를 하는 것이 아니라 하룻밤 지나고 한다. 다 쓰면 '라이터스하이'로 흥분상태가 된다. 그럴 때 다시 읽어도 내 소설은 어떻게 이렇게 재미있을까, 감동할 뿐이다. 그리고 그 흥분은 100% 착각이다. 하루 지나서 그 흥분이 가라 앉은 다음 냉정하게 퇴고해야 한다. 문장 글쓰기 책에는 퇴고를 하면 할수록 좋아진다거나 소리를 내어 읽어보자고 되어 있지 만, 퇴고는 한 번, 소리를 내어 읽는 건 하지 말자.

소설 교실을 하고 있기 때문에 드는 생각이지만, 고쳐 쓰면 고쳐 쓸수록 이야기는 희미해진다. 문장이 지루해지고 이야기의 재미가 점점 줄어든다. 소설은 미문이 아니어도 좋다. 소설은 당신의 이야기를 사람들에게 전달하기 위해 쓰는 것이기 때문에 간결하고 읽기 쉬운 문장이면 된다.

퇴고를 거듭하여 자꾸 만지작거린 문장보다 "소설가가 되자"에 다시 읽지도 않고 올린 문장이 읽기 쉬운 것이다. 또한 소리를 내어 읽는 것도 권하지 않는다. 문장을 읽을 때와 들을 때에서는 머리의 움직임이 다르기 때문에 음독용 문장과 소설의 문장은 같지 않다. 게다가 포르노 소설을 소리를 내어 읽는 것은 벌칙게임도 아니고, 나는 싫다.

퇴고할 때 체크할 포인트는 다음과 같다. 컴퓨터 화면상에서 읽지 말고, 일단 인쇄하여 종이로 퇴고한다.

— 장마다 분출할 부분이 있는가?
— 의성어, 의태어와 냄새와 감촉과 체온을 보충해서 쓴다. 오탈자 체크.
— 같은 문장이 빈번히 나오지는 않는지, 같은 말 반복에 신경 쓴다. 주어를 넣자.
— 서두는 템포를 살려 시작한다.

— 주인공의 이름이 처음에 나오는가?

— 마지막 장은 고조되어 있는가?

　시중의 포르노 소설은 플롤로그, 제1장⋯제6장, 에필로그로
구성되어 있다. 장마다 에로 신이 하나씩 들어가 있어 분출되는
곳을 만든다. 초심자가 포르노 소설을 쓰면 처음은 설명투성이,
후반은 광란의 에로가 되는데, 에로 신의 양은 1장부터 6장까
지 같은 분량으로 나오는 것이 좋다. 처음이 심심하면 나머지는
읽어주지 않는다.

　의성어와 냄새를 보태 쓰는 것은 관능성을 높이기 위함이다.
포르노 소설은 관능소설이라고도 말한다. 즉 냄새, 소리, 촉감,
체온을 쓰는 소설이다. 일반소설을 쓰는 사람은 의성어, 의태어
를 쓰지 않는다. 의성어, 의태어를 쓰면 가벼워지고, 안이하게
쓰는 것 같아 싫다고 하는 것이다. 하지만, 포르노 소설은 안이
하고 쉬운 게 좋다.

　소리는 야함 지수를 높이는 중요한 요소다. 침대가 움직일
때의 삐걱삐걱하는 소리나 펠라티오할 때의 츄릅거리는 소리,
딥키스의 츕츕하는 소리를 보탠다.

　냄새, 촉감, 체온도 더 넣었으면 한다. 페니스가 느끼는 질 주

름의 촉감이나 뜨거움을 묘사하자. 지나치게 쓰는 건 아닌가, 할 정도로 쓰는 게 딱 좋다.

오탈자 체크를 할 때, 같은 말이 반복되지는 않는가 체크하여 다른 말로 바꿔 쓴다. 같은 말이 몇 번이나 등장하면 눈으로 건너뛰게 되어 독자가 흘려 읽게 된다. 교정자가 체크하는 포인트이기도 하다.

예를 들어보자.

즐거운 마음으로 오락으로써 즐기고 있다.

즐긴다는 말이 중복되어 등장한다. 같은 말이 반복되면 흘려 읽어버린다. 눈이 건너뛰는 현상이다. 또한 오락으로써 즐긴다는 말은 같은 의미를 두 번 반복한 셈이기 때문에 문장으로서 NG다.

"무한의 영원""역전 앞이다""간단히 요약하다""다크한 어둠""최후의 라스트신""사전에 예방하다" 모두 반복이다.

그리고 주어를 생략하지 않도록 한다.

어릴 적부터 친했던 소꿉친구 부모님이 세탁소를 운영했다.

　이것은 소설교실 수강생의 작품이었던 작품인 문장인데, 주
인공에게 소꿉친구가 있고, 그 소꿉친구의 부모님이 세탁소를
운영하는 것처럼 읽을 수 있다. 하지만, 수강생은 주인공의 부
모님이 아는 사람이 세탁소를 운영했다는 의미로 썼다.

　"부모님의 소꿉친구"와 "소꿉친구의 부모님"으로, 의미가 완
전히 다르다. 단어의 순서를 바꾸는 것만으로 의미가 달라지는
경우가 있으므로 주의한다. 더욱이 주어를 생략하는 것도 그 원
인이다. "부모님과" 어릴 적부터 친한 사이였던, 이라고 주어를
넣어서 쓰고 "부모님의 소꿉친구"이라고 하면 작가가 말하고자
하는 바가 독자에게 전달된다.

　초심자의 소설은 시작이 웅장하다. 일상 신과 인간관계 설명
을 시작되고 있을 때는 서두를 싹둑 잘라버리자.

　주인공의 이름은 처음에 등장하는가? 1인칭으로 소설을 쓸
경우, 초심자의 소설이라고 하면, 주인공의 이름이 좀처럼 등장
하지 않는다. 몇십 장을 넘겨야 겨우 나온다. 이름은 주인공의
정보이며 캐릭터 설정의 중요한 요소다. 독자는 이름도 모르고

주인공에게 공감할 수는 없다. 이름은 처음에 등장시킨다.

마지막 장은 고조되었는가? 여성편력물은 가장 매력적인 여주인공과의 아득해질 정도의 섹스를 쓰자. 할렘물은 3P, 4P로 고조시킨다. 더블 펠라티오도 혀와 입술로 하는 전신 애무도 써서 여자를 애무하는 다른 느낌들을 구별해 쓰자.

다른 사람에게 읽혀서
의견을 듣는다

　투고 전에 다른 사람에게 읽혀서 의견을 듣자. 하지만 포르
노 소설을 다른 사람이 읽는다는 게 좀처럼 쉬운 일은 아니다.

　나는 아마추어 시절, 소설 동인지에 참여하거나 소설 교실에
다니며 소설에 대한 의견을 들었다. 자신이 신경 쓰지 않았던
설명 부족이나 모순을 지적받을 수 있기 때문이다. 소설을 읽어
줄 사람이 없으면 1개월 후 다시 읽어보자.

　1개월이 지나면 세세한 부분을 잊고 있기 때문에 냉정하게
소설을 읽을 수 있다.

개고할 때는 나쁜 곳을 없애는 것이
아니라 좋은 곳을 늘이는 쪽으로

소설을 다른 사람에게 읽혀 의견을 듣고 개고할 때의 핵심은, 그 의견을 전부 반영하는 것이 아니다. 솔직한 사람일수록 나쁜 점을 고치도록 하지만, 나쁘다는 부분은 고치지 않아도 된다.

소설에서 나쁜 부분을 고치면 소설이 나아지는 걸까?

나쁜 부분을 없애면 아무 재미도 없어지고, 무미건조한 소설로 완성될 뿐이다. 여주인공의 대사와 행동이 뻔뻔하니까 나쁘다? 아니다, 그것은 독자를 기쁘게 할 당신의 서비스 정신의 발로다.

가벼운 여자라서 나쁘다? 아니다, 그것은 뒤탈 없는 섹스를 할 수 있다는 남성독자의 꿈의 실현이다.

잔혹해서 나쁘다? 아니다, 그것은 독자를 끌어당기는 당신 소설의 매력이다.

문장이 가벼워서 나쁘다? 아니다, 그것은 읽기 쉽게 하여 당신 소설의 장점이 된다.

나 자신이 그렇게 생각하기 때문이다. 앞서 말했듯 내가 받은 나폴레온 대상 수상작은 다른 편집자가 "여자가 쓴 달콤한 포르노 소설 따위 팔리지 않는다"라는 평을 들은 것이다. 하지만 그것이 대상을 탄 것이다. 그리고 잘 팔렸다.

달달한 부분이 내 소설의 매력이며 독자를 끌어당기는 포인트가 된 것이다. 확 하고 눈에 띄는 나쁜 부분은 그 소설의 매력이고, 당신의 무기가 된다. 소설에서 나쁜 면을 삭제하지 말라고, 좋은 곳을 늘려라.

9장

작가 데뷔를
했다면

직장과 작가 생활을
양립하기 어려워졌다면

앞서 말했지만, 신인작가에게 편집자가 가장 처음에 하는 말이 "회사는 계속 다니세요"다. 장르를 불문하고 작가를 소중히 대하는 편집자라면 다 하는 말이다. 1년에 한 권에서 두 권을 출판한다면 회사원과 겸업할 수 있지만, 회사의 잔업이 많아지고 벅차지면 어떻게 해야 좋을까? 혹은 소설 작업이 순조롭게 풀려서 소설을 더 쓰고 싶어졌다면?

만약 당신이 공무원이거나 상장기업의 사원이라면 회사를 우선하여 소설을 잠시 보류해두어야 한다. 팔리지 않는 작가에게 다음이란 없다. 슬럼프에 빠져 갑자기 쓸 수 없게 될지도 모를 일이다. 책이 나오지 않으면 수입이 끊겨버린다.

담당 편집자에게 사정을 설명하자. 소설이 완성된 다음 출간 일정을 짜준다. 편집자도 회사원이므로 이해해준다. 소설을 우선하라고 하는 일중독 성향이 강한 편집자도 있지만, 그것은 그 담당 편집자가 이상한 것이다. 편집장에게 말해 선처를 부탁한다.

내 경험으로는 늘 마감 일정을 당겨 말하고는 방치하면서, 오늘 중으로 수정해달라는 말을 반복하는 편집자가 있었다. 라이트노벨의 젊은 편집자였다.

"어머니가 암 투병 중이라, 의식이 없습니다. 언제 상태가 바뀔지 몰라서, 네 시간 안으로 수정하는 것은 물리적으로 불가능해서, 수정 요청은 좀 더 일찍 해주실 수 없을까요?" 하고 부탁하면, "그게 어쨌단 말입니까? 일 아닙니까" 하고 말했다. 당시는 알아차리지 못했지만, 이건 그냥 괴롭힘이다. 나는 어떻게든 그 일을 끝까지 가져가서 빨리 빠져나왔지만, 그 편집자는 그후 문제를 일으켜 회사를 그만두었다.

자신의 진행관리 능력의 결함을 작가에게 무리하게 강요하는 것으로 보충하고 있었으니, 애초에 회사원으로서의 능력이 낮았던 것 같다. 착실한 편집자는 작가에게 무리하게 강요하지 않는다.

당신의 소설은 1년에 한 권밖에 출판되지 않을지도 모른다. 그렇다면 그 한 권에 열의를 다해야 한다.

작가의 열의는 독자에게 분명 전달된다. 전업 작가가 기술적으로 휘갈겨 쓴 소설보다 1년에 한 권인 당신의 책을 택할 독자가 반드시 있을 것이다.

세무사를
찾는 방법

경비를 처리하고 세금을 낮출 때 세무사에게 의뢰하기를 권한다. 세무사를 찾는 방법으로, 선배 작가에게 소개받는 것이 가장 좋다. 작가의 일이라는 것은 꽤 특수하다. 지방 세무사 사무소라면, 작가를 고객으로 두는 세무사가 없을 수도 있고, 작가가 하는 일을 모르는 세무사 사무소도 있다.

내가 치바에서 나라로 이사했을 때, 집 근처의 큰 세무사 사무실에 의뢰했는데, 세금이 갑자기 높아졌다. 1년째는 우연인가, 했는데, 2년째도 이상하게 세금이 올랐다. 이상하게 여긴 내가 장부를 보여달라고 했더니, 아마존에서 산 에로 코믹스와 DVD 대여, 작가끼리 정보를 교환하기 위해 개최한 회식, 출판사에 갖고 간 간단한 선물, 시나리오를 쓰기 위해 소셜 게임을 하며 결제한 금액 등이 전부 "사업주 사용"으로 입력되어 경비에서 제외된 것이다.

그 세무사 사무소는 고객 중 작가는 한 사람도 없었고, 영수증을 입력한 젊은 직원은, 아마존에서 산 책이 경비가 된다는 것을 몰랐다고 한다. 나는 세금을 제대로 내고 싶다고 생각하지만, 내지 않아도 될 세금까지 낼 마음은 없었다.

세무사 선생님이 사과해주어 다음부터는 무료로 처리해드리겠다고 했지만, 신뢰할 수 없으니 거절하겠다 했다. 집 근처의 대규모 세무사 사무소에 의뢰한 것으로, 세금을 더 많이 지불하게 생긴 것이다. 비싼 수업료를 치렀다고 생각했다. 결국 이사하기 전, 치바의 세무사에게 의뢰했다. 작가 고객도 많이 데리고 있는 분이었다.

세무사에게 의뢰할 때는 고객 중 작가를 두고 있는 세무사에게 의뢰할 것. 이것이 철칙이다.

전업 작가의
복리후생

　회사를 그만두고 전업 작가가 되었을 경우, 가장 걱정되는 것이 복리후생이다. 국민연금에, 건강보험이 지역의 국민건강보험이 된다. 회사원이었을 때, 국민연금과 건강보험을 노사 절반(회사가 절반을 부담해준다)으로 부담했는데, 전액 자신이 내게 되었다.

　작가업에는 퇴직금이 없다. 실업급여도 없다. 골든위크에 회사 휴양지에서 리프레시할 수도 없고, 회사가 법인계약을 맺고 있는 스포츠클럽에서 이용료 1회에 540엔으로 기분 좋게 운동

할 수도 없다.

사택, 혹은 회사 임대 사택에 살고 있는 사람은 회사가 지불해주는 보증금과 복비를 자신이 내야 한다. 집세도 전액 자신이 내야 하는 것이다.

개인사업자이니까 "이건 이제 어쩔 수 없다"고 포기할 수밖에 없는 걸까? 퇴직금도 없이 가난한 노후를 보내야 하는 걸까?

실은 다양한 방법이 있다. 하나씩 살펴보자.

연금은 스스로 적금을 붓는다. 세금 공제되는 적금이 있다

회사를 그만두면 국민연금은 전액 자신이 내야 한다. 노인이 되고 나서 받는 연금액은 적고, 작가 업은 언제까지 할 수 있을지 모른다.

연금은 적금을 붓는 것이 좋다. 연금저축이라는 것이 있다. 장래의 연금을 늘리는 적금이다. 연금저축의 대단한 점은 세금이 전액 공제된다는 점이다. 세금이 낮아진다. 젊을 때는 연금 따위 흥 하고 오지 않을 거라 생각한다. 내가 그랬다. 많이 모아서 세금을 많이 내면 되는 거라고 생각했다.

하지만 오십견이나 나이가 느껴지는 병에 걸리고, 노후가 갑자기 걱정이 되어 작년부터 연금저축에 들었다. 국민연금기본금은 장래를 준비하는 절세가 함께 되어 득이 되는 제도다.

새로운 건강보험의 선택

회사원은 보험료의 절반을 회사가 부담하여 남은 절반을 월급에서 제하고 받는다. 회사를 그만두면 회사가 건강보험에서 탈퇴하는 것이 되지만, 실은 2년으로 제한하여 임의 지속할 수 있다. 다만 스스로 전액 부담하지 않으면 안 된다. 회사를 그만둔 순간, 보험료가 단순히 배액이 되는 것이 아니라, 최고한도액이 있기 때문에, 재직 중보다 저렴해지는 사람도 있다.

사는 도시의 국민건강보험에 가입하는 방법도 있다. 국민건강보험은 살고 있는 도시에 따라 요금이 달라진다. 건강보험이 비싼 도시와 싼 도시에서는 배가 차이 난다고 한다. 게다가 전년도 소득에 따라 보험료가 바뀐다. 급여를 많이 받은 사람은 보험료가 높고, 적게 받은 사람은 보험료도 낮다. 도시의 해당 관청에 전화하면 가르쳐줄 것이다.

임의 지속하는 경우의 보험료와 해당 관청이 알려주는 국민보험료 중 싼 쪽을 택하면 된다.

> **구로나 유우(Yuu Kurona)**
>
> 2016년 2월 단편 『죄와 벌의 솔라이유~여처형집행관 치욕의 역처형~』(니지겐도리무 매거진 Vol.87)로 상업 데뷔. 같은 해 10월 『정조관념이 역전된 동정여자가 야한 짓에 굶주린 학교』 (니지겐도리무 문고) 2017년 5월 『나와 야한 짓을 하는 권리서가 돌아서 행운의 변태가』 (니지겐도리무 문고)
>
> 그 외 작품: 쿄겐샤토크노베루 문고 『별의 왕비님 야한 밤의 오딧세이』『소설가가 되기 위해 야한 짓을 잘 사용하는 방법』. 독립출판으로는 『최면 놀이』『이마주 당신을 가장 사랑하는 건 나』 등.
>
> Twitter : @yuukurona

와카쓰키 히카루(이하 와) 쥬브나일 포르노 작가인 구로나 유우 선생님에게 물어보았습니다. 니지겐도리무 매거진에서 다년간 게재, 니지겐도리무 문고에서 2권의 책을 출판했습니다. 2016년에 데뷔했을 뿐인 신인 작가인데, 본업인 번역업을 함과 동시에 소설을 쓰는 일요 포르노 작가이기도 합니다.

구로나 유우(이하 구) 처음 뵙겠습니다. 구로나 유우입니다. 잘 부탁드립니다. 나이는 밝히고 있지 않지만, 헤이세이 세대입니다. (웃음)^{일본의 연호로, 1989년 1월 8일부터 2019년 4월 30일 사이.}

와 왜 포르노 작가가 되자고 생각했습니까?

구 오리지널 이야기를 쓰고 싶었고, 야한 이야기를 좋아했기 때문입니다.

와 포르노 소설을 좋아하고 있었다?

구 네. 초등학교 고학년 즈음부터 아버지의 책장에서 오야부 하루히코大藪春彦, 일본의 하드보일드 소설작가의 선구자적 존재나 니시무라 쥬코西村寿行, 일본의 소설가. 하드로망스라고 불리는 작품으로 주목을 받았다., 가쓰메 아즈사勝目梓, 관능과 폭력, 복수를 그린 바이올런스 작가로 불린다., 다케시마 쇼竹島将, 슈퍼 바이올런스 작가라는 수식을 지닌 일본의 소설가., 기쿠치 히데유키菊池秀行, SF, 호러, 판타지 등을 쓰는 일본의 소설가., 유메마쿠라 바쿠夢枕獏, 일본의 소설가, 에세이스트이자 사진가. 등의 바이올런스 소설과, 남성주간지의 연재소설 같은 것도 몰래 읽게 되었습니다.

와 그런 소설이라면, 야한 신도 꼭 들어 있었겠네요.

구 맞습니다. 능욕물을 좋아하게 됐어요.

와 구로나 선생님이 니지겐도리무 문고에서 쓸 수 있는 것은 유혹물인데, 거기에 대해선 잠시 후 듣도록 하겠습니다. 데뷔 전에는 포르노 소설만 썼던 건가요?

구 웹에서 2차 창작을 했어요. 재밌어서 "이걸 직업으로 삼으면 좋겠다" 하고 생각했습니다.

와 2차 창작이라는 것은 애니메이션이나 만화의 여주인공을 야한 일을 당하게 하는 이야기인가요?

구 아니요, 틀려요. 에로가 아니라 한층 보통의 판타지 픽션이었습니다.

와 그렇다면, 어떻게 포르노로 데뷔하려는 생각을 한 걸까요?

구 포르노는 "독자의 욕정을 불러일으킨다"는 목표가 확실하기 때문입니다. 후에 "욕정할 수 있는가 어떤가"의 판정을 자신의 고간에 물을 수 있기도 하고요.

작가가 되기까지의 여정

와 작가가 되기 위해서 어떤 노력을 하셨습니까?

구 회사를 그만두었습니다.(웃음)

와 그러면 안 된다고 생각합니다.(웃음)

구 갑자기 그만둔 것은 아니고요, 미리 번역 일을 얻을 수 있도록 준비는 했습니다. 그러고 나서 KTC^Kill time communication가 발

간한 전문지 「니지겐도리무 매거진」을 철저히 조사하기도 했습니다. 여주인공의 유형이나 세계관 등을 과거 수년 전까지 거슬러 올라가서 파악하거나 게재 작품의 숫자를 전부 세어보거나.

와 좋아하는 소설을 마음대로 쓰는 것이 아니라 우선 투고대상의 분석부터 시작했다?

구 네. 수를 세어봤을 뿐이에요. 무녀가 몇, 메이드가 몇, 공주 기사가 몇….(웃음)

구 근무처가 해외 애니메이션 제작회사인 것도 영향이 있었을지도 모릅니다. 프로젝트 매니저였어요.

와 프로젝트 매니저라는 것은 어떤 일입니까?

구 크리에이터 분들에게 일을 주고, 그것을 총괄하여 작품을 프로듀스하는 일입니다. 출판으로 말하면 편집자의 일과 가까운 위치일지도 모르겠습니다.

와 그래서 쥬브나일 포르노인 거네요. 쥬브나일 포르노는 20대 30대 남성독자를 대상으로 만들어지기 때문에 애니메이션이나 만화, 게임과 친화력이 높지요.

구 오락계 부서가 아니었기 때문에 이른바 TV 애니메이션 같은 것과는 관련성은 없습니다. 하지만 곤란한 크리에이터는 많이 봤습니다.

와 어떤 타입이었을까요?

구 가장 싫은 타입의 크리에이터는 시간을 지키지 않거나, 마감과 관련해서 거짓말을 하는 사람들입니다.

와 편집자든 작가든 프리라이터든 있어요, 그런 타입.

구 투고 규정에 딱 맞는 형식의 소설을 "니지겐도리무 매거진"에서 발견해서, 형식을 분해해서 그 형식을 가져와 단편을 쓰고, 매주 한 편을 보내는 일을 이어갔습니다.

와 단편을 매주 1편을요? 니지겐의 투고는 이메일 응모니까, 우편과는 달리 쉽게 투고할 수 있지만 어지간히 큰일이네요. 투고할 때에 신경 쓰는 것은?

구 네. 투고 메일의 이름과 대강의 내용을 비즈니스 메일로 바로 보이게 보내거나, 첨부한 요약을 단번에 읽을 수 있도록 하는 연구도 했습니다.

와 그건 정말 대단하군요. 비즈니스 매너 부분이 제대로 되어 있는지는 일을 하는 데 중요하니까요.

구 반년 후에 편집부에서 연락을 받을 수 있었습니다.

와 어떤 내용이었나요?

구 문장의 템포가 좋아 읽기 쉬웠다. 있을 법하지 않은 아이디어가 좋았다. 레이블 컬러를 매우 잘 이해하고 있어 자사 간행 작품을 쓸 수 있는 사람이라고 생각했다. 이렇게 쓰여 있었습니다.

와 분석한 보람이 있었군요. 실은 작가가 가장 고민하는 것이 레이블 컬러입니다. 투고처로 니지겐도리무 매거진을 고른 이유는 무엇일까요?

구 니지겐도리무 매거진을 좋아하기 때문입니다. 테마가 "강한 여주인공이 굴복당한다"였어요. 관능바이올런스 소설과 통해 있기 때문에 가장 좋아하는 이야기였습니다.

와 쥬브나일 포르노라고 하면 지금은 "소설가가 되자(녹턴노벨스)"에서 단행본화를 지향하는 사람이 많다고 생각합니다. 투고로 데뷔하려는 생각은 어떻게 했습니까?

구 몰랐어요.

와 그건 의외네요.

구 아침부터 밤까지 오로지 일만 하는 매일이었습니다. 회사를 그만두고 귀국해보니, 어쩐지 서점의 책장에 "이세계로 짠"

하는 책이 마구잡이로 많아졌구나, 정도의 인식으로. 게다가 빨리 편집자와 연락을 취하고 싶다는 조바심이 있었습니다. 당시, 쓴 작품을 친구에게 보여주고 감상을 들었는데, 아무도 진지하게 말해주지 않는 것이었습니다. 야한지 어떤지 알려주지 않았어요.

와 포르노라면 있을 고민이네요. 몇 번째 투고에서 편집자에게서 연락을 받았습니까?

구 일곱 번째 투고를 하고, 포기한 다음 약 반년 후입니다. 다섯 번째와 여섯 번째를 평가하고 난 다음의 연락이었습니다.

와 투고는 편집자가 짬이 났을 때 읽기 때문에 굉장히 빨리 연락이 올 때가 있는가 하면, 시간이 걸리는 경우도 있습니다. 니지겐도리무 매거진에 게재된 소설은 투고작입니까? 그것도 새롭게 쓴 것인가요?

구 니지겐도리무 매거진은 매호 특집이 있기 때문에 의뢰받은 호의 특집 테마에 맞춰 새롭게 썼습니다.

와 장편을 의뢰받으면, 기획서를 보내달라는 내용이었을까요? 이런 느낌의 것을 보내달라는 지정이 있었나요?

구 단편 작업 다음에 "다음은 어떤 작품을 보내드리면 될까요?" 하고 담당해준 편집자 분께 문의했더니, "단행본용으로 플롯을 만들어봐주세요" 하는 느낌이었어요.

와 이러한 것을 쓰자는 지정은 없었나요?

구 특별히 제안을 받지는 않았습니다.

와 기획서는 바로 오케이가 났나요?

구 그게 좀처럼. 그때까지 쓴 것과 마찬가지로 "능욕물"로 플롯을 두세 개 만들어 보냈지만, 좋은 답변은 받지 못했습니다.

와 기획서에 오케이가 나지 않으면, 작가는 소설을 쓸 수 없고, 돈도 되지 않습니다.

구 담당 편집자 분으로부터 "화간물^{합의된 간통. 권력관계로 인한 강제적 합의도 포함한다.}을 써보면 어떨지?" 하는 권유를 받아 처음으로 제출한 화간물 기획이 "이렇게 갑시다" 하고 결정됐습니다.

와 능욕을 좋아해서 능욕을 쓰고 싶었는데, 화간물로 용케 오케이가 났네요.

구 화간물의 능욕소설이나 에로 만화 등은 대개 읽은 적이 없습니다. 편집자가 "이것들을 참고해주세요." 하고 니지겐도 리무 문고의 작품을 몇 권 보내주었기 때문에, 열심히 읽고 이 장르의 독자가 무엇을 원하고 있는지를 연구했습니다.

화간물을 취급하는 타 레이블과의 차이, 예를 들어, "미소녀
문고"와 "니지겐도리무 문고"에서는 무엇이 다르지, 같은 것
도 조사했습니다.

와 계산하는 데서부터 시작했다?

구 네. 이때도 수를 세는 것부터 시작했습니다. 일러스트의 개
수나 여주인공의 명수, 야한 신의 길이나 횟수라든가.

와 기획서 단계에서 편집자가 어드바이스해옵니다. 그 어드바
이스는 납득할 수 있는 것이었습니까?

구 맨 처음 안에서는 여주인공이 다섯 명이었는데, "많으니까
여교사를 줄이고, 네 명으로 합시다" 하고 제안받아 거기에
맞게 플롯을 고쳤고, "좋네요. 이것으로 회의하겠습니다" 하
고 답변을 받았는데… 거기까지는 좋았는데, 며칠 후 "죄송
합니다… 여교사는 역시 등장시키는 방향으로" 하고 풀죽은
목소리로 전화가 왔어요.

와 편집자가 오케이를 냈어도 기획회의에서 다른 사람이 무언
가 말하면 갑자기 돌아가는 일이 자주 있지요.

구 여주인공은 결국 다섯 명이 되었습니다.

와 기획서가 오케이가 나고 소설을 쓰기 시작한 건데요, 데뷔
작인 장편은 집필에 어느 정도 시간이 걸렸습니까?

구 기간으로 말하면, 초고에 3개월, 2차 원고에 1개월 정도입
니다. 교정쇄는 2일 정도 걸렸어요. 시간으로 말하면 합해서
80~100시간 정도가 아닐까 생각합니다.

와 편집자의 수정지시는 납득할 수 있는 것이었나요?

구 플롯(기획서) 단계에서 콘셉트에 대한 공통인식을 확실히 갖
고 있었기 때문에 애초에 큰 수정은 없었습니다.

와 쓰고 싶은 것과는 다른 장르의 의뢰가 들어왔다는 건데요,
즐겁게 쓸 수 있었나요?

구 클라이언트가 바라는 콘셉트로 제작한다는 것은 그때까지
제가 회사에 갖춰왔던 자세이기도 하기 때문에 그 지점에
전혀 다른 의견은 없습니다. 오히려 그 편이 더 즐거운 타입
니다.

와 책 제목과 장 제목은 편집자가 붙이는 경우가 많은데요, 구
로나 선생님의 경우는 어떻습니까?

구 책 제목은 최종적으로 편집부가 결정한다는 전제로, 제 쪽에서도 안을 받았습니다. 몇 개라도 후보를 올려서 담당과 몇 번인가 안을 주고받고 있습니다. 마지막은 편집회의에서 결정된다고 합니다. 장 제목은 완전히 제 안으로 결정했습니다. 펜네임에 대해서도 이때 정했습니다.

와 잡지에 게재할 때 펜네임이 다른 거군요. 저는 편집자가 펜네임을 붙여주었습니다. 구로나 선생님은 어떤가요?

구 편집부에서 생각해도 되고, 자기가 생각해도 좋은 부분이라서, 우선 자기가 생각해보고… 그렇게 하니까, 엉망진창으로 고민하게 되어서. 소설을 쓰는 것보다 기진맥진해져(웃음) 결국 "구로나 유우黒名ユウ"가 됐습니다.

와 편집운이 나쁘면 작가는 소모되어 버리는데, 구로나 선생님은 어떻습니까?

구 제게는 행운인 일인데, 데뷔부터 지금에 이르기까지 단행본, 단편, 모두 납득가지 않는 일은 한 번도 없이 일을 받고 있습니다.

와 좋은 편집자가 담당이 되어 다행이군요.

구 그렇네요. 만화나 라이트노벨에서는 곤란한 편집자에게 휘

둘리는 일이 가끔 있는 것 같은데, 그런 일은 어떤 일을 해도 생길 수 있는 일이라고 생각합니다.

와 데뷔작은 의뢰부터 출판까지 실질적으로 몇 개월이 걸렸나요?

구 잡지에 실리는 단편은 2개월, 단행본은 4개월 정도입니다.

와 야한 신을 쓰는 것과 일상 파트를 쓰는 것과 어느 쪽이 즐겁나요?

구 둘 다 즐겁습니다! 우열을 가리기 어렵네요.

와 페티시(성적인 구애)는 있습니까?

구 오럴 페티시, 다인 페티시, 그다지 상업소설에 맞지 않는 페티시뿐이라 곤란합니다.(웃음) 그렇다고는 해도, 거북한 성벽도 특별히 없기 때문에 그건 다행입니다. 잔혹한 것에서부터 소프트한 것까지 무엇이든 가능한 취향입니다.

와 능욕을 좋아하는 거군요.

구 데뷔하기까지는 화간물은 읽지 않았지만, 지금은 좋은 점도 알게 되었습니다. 맛보지 않아 싫었던 거지요.

포르노 작가가 사는 법

와 폐가 되지 않는다면, 원고료와 인세와 전자책 인세에 대해
알려주세요.

구 미안합니다. 계약 규정상 구체적인 숫자 등은 밝힐 수 없습
니다! 하지만 일반 소설과 비교하면, 종이책 판매에 대한 전
자책 판매의 비율은 크구나, 하는 실감은 저도 있습니다.

와 포르노 소설은 전자책 판매가 좋습니다. 구로나 선생님은
독립출판(전자책을 스스로 만들어서 판매하는 것)도 하고 있습
니다. 스스로 파는 것과 니지겐에서 팔아주는 것 중 어느 쪽
이 더 잘 벌리나요?

구 역시 브랜드의 힘이 있는 기존 상업 레이블에서 판매되는 전
자책 쪽이 판매가 한결 높네요. 비교가 되지 않습니다. 버는
것은 기존 상업 레이블에서 데뷔해야 한다고 생각합니다.

와 본업과 포르노 소설 중 어느쪽이 더 잘벌리나요.

구 번역입니다. 번역은 소설의 5~10배 정도 벌려요.

와 그거 대단하네요.

구 번역 거래처는 소설 일보다도 많습니다. 일의 종류도 기업

의 기획서, 학술자료, 소설, 애니메이션의 각본 번역, 스마트폰 게임의 일본어 로컬라이징 등 탐욕스럽게 여러 가지 하고 있습니다.

와 포르노 소설은 그다지 돈이 되지 않는데, 쓰는 이유는 무엇인가요?

구 프로 소설가로서 노하우를 실천을 통해 익숙해지게 하기 위함입니다. 쓰는 일이 즐겁기 때문이지요. 그리고 무엇보다 변태라서. 소설 쓰기가 즐거워요!

와 하루의 스케줄에 대해 알려주세요.

구 번역도 소설도 원고로 만드는 일이기 때문에 마감이 빠른 것부터 우선하여 각각의 안건을 융통성 있게 처리합니다.

와 마감이 겹칠 때는 어떻게 하나요?

구 일정 조정을 합니다. 여덟 시간은 자야 해서 철야는 어지간하지 않으면 하지 않습니다. 번역의 경우는 하루에 5,000자를 넘지 않도록, 소설의 경우는 하루에 1만 자를 넘지 않도록 신경 쓰고 있습니다.

와 할당량이 아닌, 이 이상은 쓰지 않는다는 상한선을 정해두고 있는 건가요?

구 쓰려고 하면 그 이상 쓸 수도 있지만, 그렇게 하면 생각하거나 읽는 시간이 없어져서. 하루의 전부를 눈앞에 있는 집필에만 소비해버리지 않도록 하고 있습니다.

와 번역과 포르노 소설로 생활할 수 있는 거군요.

구 돈이 되지 않는 일이 이어지거나 일정이 비어버렸을 때는 단기로 아르바이트라도 몇 개든 해서 보완해두도록 합니다.

와 포르노 작가가 되어 잘됐다고 생각한 일은 무엇입니까?

구 남자와 여자에 대해 생각하는 점이 많아졌다는 것입니다. 지금까지 여성의 기분이나 인생에 대해 생각한다는 건 대개 없었습니다. 쓰고 있는 소설은 남성향이기 때문에 여성의 기분 등을 참작하지 않지만, 리얼한 인간으로서의 자신은 여성이라는 이질적인 존재에 꽤나 친밀하다는 흥미를 갖게 되었습니다.

와 인간에 흥미가 솟아난다는 것은 여성에게 인기 있어진다는 것이 아닌가요?

구 네. 일요일에 포르노 소설을 쓰게 되면 여자 아이들에게도 인기가 많아진다니, 이상한 선언 같지 않나요?(웃음) 인기가 많아진다는 것은 모르겠고, 이전에 비해 여성과 사귀는 방식이 바뀌었을라나요. 대화하는 것은 즐거워졌습니다.

와 구로나 선생님은 포르노 작가인 것을 주변 사람에게 밝히고
있습니까?

구 밝히고 있습니다.

와 캐묻는다거나 바보 취급하지는 않나요?

구 그렇지 않습니다. 하지만, 나는 다른 사람으로부터 업신여
김을 당하거나 깔본다거나 모욕을 당하는 것은 유난히 좋아
합니다. 마조히스트 기질이라고 해도 좋을지 모르겠지만요.
나 자신은 그렇게 생각하고 있지만, 세상의 눈으로 보면 포
르노라는 건 창작물로서도 한 단계 아래로 보이는 느낌 아
닌가요? 아는 사이라 해도 포르노 쓰고 있어, 라고 말하면
갑자기 내려다보는 시선으로 보면서 우위에 서기도 하고요.
그런 거 굉장히 좋아해요. 오싹오싹해요. 심한 악평 같은 거
아주 최고예요(성적은 의미로). 그런 성적으로 흥분할 수 있
는 기회를 얻을 수 있다는 점은 장점이에요…. 뭔가 변태 같
아서 죄송합니다.(웃음)

와 구로나 선생님은 능욕당하는 여주인공 쪽에 감정을 이입하
여 읽는 타입이군요.

구 어떻게 아셨죠!? (웃음)

와 포르노 작가가 되어 곤란했던 일은 무엇인가요?

구 특별히 없어요. 굳이 들자면, 전보다도 야한 화제를 아무렇지도 않게 입에 올리게 되었어요. 감각이 마비되기 때문에, 보통 사람이 분위기를 썰렁하게 만들 만한 일을 무심코 지껄여버리는 거지요. (웃음)

와 영업은 하고 계세요?

구 데뷔하고 이제 2년이에요. 지금까지는 여유가 없었는데, 이제부터는 차근히 해나가고 싶다고 생각합니다. 맨 처음의 원고 활동은, 영업 그 자체였다고 생각합니다.

와 앞으로 어떤 작가가 되고 싶은가요?

구 클라이언트(출판사)를 기쁘게 해주는 작가. 편집자에게 "일하기 쉽다"고 여겨지는 작가. 독자에게는 마음에 드는 것을 쓸 수 있는 작가. 마지막으로 자신의 팬을 기쁘게 해주는 작가. 돈도 벌고 싶고요.

와 앞으로 포르노 작가를 향하는 사람에게 한 말씀 부탁드립니다.

구 "회사는 그만두지 않는 편이 좋습니다"라고 하는 것은 내가 말하면 설득력이 있으려나, 없으려나(웃음). 포르노 소설이란 건 돈이 벌리지 않습니다! 시리즈를 전제로 하는 것은 드문 일이고, 한 작품당 인쇄 부수도 그렇게 많은 것도 아닙니다. 책의 소화율은 일반소설보다 좋은 듯하기 때문에 출판사가 보기에는 견실하게 수익이 있는 듯하지만, 작가가 그것으로 생계를 이어나가려고 하면, 그 여정은 어지간히 험해서 달콤한 길만은 아니네요. 하지만 겸업을 한다면 그런 리스크를 염려할 필요도 없습니다. 자신을 그렇게 몰아세우지 않고, 즐겁게 지향한다면 좋지 않을까 생각합니다. 야한 것이란 애초에 기분 좋은 것이니까요! 그러니 자신의 페이스를 믿고 분발해주시기 바랍니다.

와 감사합니다.

포르노 작가에게는 자신이 좋아하는 것을 쓰는 타입과 레이블 컬러를 분석하여 레이블 컬러에 맞춰 쓰는 타입, 이 두 종류가 있습니다.

구로나 선생님은 분석하는 타입의 작가인 듯합니다. 소설을 쓰기 전에 잡지나 레이블을 분석한다고 하는 것은 재밌네요.

마치며

저는 무명작가이지만, 문필업자가 되어 21년이 되었습니다. 저서는 130권을 넘어섰습니다. 기분은 언제나 신인이지만, 젊은 편집자를 만나면 "저, 와카쓰키 선생의 『My여동생』을 중학생 때 읽었습니다"라는 말을 듣고 나이를 실감하곤 합니다.

제 나름으로 쌓아 올린 노하우를 정리한 전작 『문장을 업으로 삼는다면, 우선 포르노 소설을 쓰세요 文章を仕事にするなら、まずはポルノ小説を書きなさい』는 행복한 호평을 받으며 많은 사람이 읽어주었습니다. 여성향 소설을 쓰고 싶은 여성용으로 쓴 책이었는데, 남녀 불문하고 즐겨주었습니다.

전작에서 별로 설명할 수 없었던 남성용 포르노 소설의 글쓰기를 이 책에서 정리했습니다. 회사원인 분이 부업으로서 포르노 소설에 도전할 경우를 상정했습니다. 전작보다도 더욱 깊이 들어간 내용이 되었습니다.

세금에 대해서는 세무사인 이노우에 하루유키 선생님에게 감수받았습니다. 또한 관능소설 편집 작업을 행한 편집 프로덕션을 취재하여 사장님과 데스크에게 여러 가지 이야기를 들었습니다. 편집 프로덕션은 숨겨져 있는 존재이지만, 여러 레이블을 다루는 편집자의 업계 이야기는 꼭 보면 좋습니다.

저는 기획을 낼 때, 비슷한 책을 조사합니다. 비슷한 책이 잘 팔리면 기획이 통과되기 쉽기 때문입니다. 놀랐지만, 소설의 글쓰기 책과 라이트노벨의 글쓰기 책은 많이 출판되어 있는데, 포르노 소설의 글쓰기 책은 거의 출판되지 않았던 것입니다. 그렇게 보면 나도 포르노 소설 글쓰기 책은 읽지 않았습니다.

포르노 소설에는 좀 더 팔리는 분이 있는데, 나 정도의 작가가 글쓰기 책 같은 걸 내다니 대단한 사람인 양 구는 건 아닐까 생각했지만, 여하튼 비슷한 책이 없기 때문에 포르노 작가가 되고 싶은 분에게 도움되었으면 좋겠다고 생각했습니다.

매입도 재고도 없고 초기 투자가 극히 적은 비즈니스입니다. 게다가 자신이 연구하기 나름으로, 큰돈을 벌지도 모른다는 꿈이 있는 업입니다. 필요한 자본은 망상뿐.

마지막으로 언급하게 되었지만, 멋있는 표지 일러스트를 그려주신 미사카 선생님, 편집 프로덕션 대항해의 마쓰무라 사장님, 데스크의 토가와 님, 이노우에 세무사 님, 라이코샤의 모치즈키 님, 교정 선생님, 인쇄회사의 기술자 여러분, 출판 중개인 분, 책을 서점에 운반해주시는 트럭 운전사 님, 서점 직원분들, 이 책을 출판하는 데 있어서 신세를 진 분, 그리고 이 책을 사주신 여러분에게 감사 말씀을 드립니다.

2018년 2월 3일 와카쓰키 히카루

나는 주말에
돈 버는
성인소설을 쓴다

초판 1쇄 인쇄 2021년 2월 24일
초판 1쇄 발행 2021년 3월 2일

지은이 와카쓰키 히카루
옮긴이 조혜정
책임편집 조혜정
디자인 그별
펴낸이 남기성

펴낸곳 주식회사 자화상
인쇄,제작 데이타링크
출판사등록 신고번호 제 2016-000312호
주소 서울특별시 마포구 월드컵북로 400, 2층 201호
대표전화 (070) 7555-9653
이메일 sung0278@naver.com

ISBN 979-11-91200-23-2 02800